Sandra Ovies Fernández

# Un Espejo Azul

Reflejo de un amor

Sandra Ovies Fernández

# Un Espejo Azul

Reflejo de un amor

# Un Espejo Azul, Reflejo de un amor

© Sandra Ovies Fernández, 2022

Impresión y editorial: BoD – Books on Demand
info@bod.com.es - www. bod.com.es
Impreso en Alemania – Printed in Germany

ISBN: 978-8-4112-3345-3

# Dedicatoria

A mis padres Arcadio y Esther. Dos personas extraordinarias, que han hecho de mí la persona que soy. Gracias por vuestro amor incondicional, y por los valores que me habéis inculcado.

«Que alguien te haga sentir cosas sin ponerte un dedo encima, eso es de admirar».

**Mario Benedetti**

# Nota de la autora

Amigo lector, este libro es una redición de *El Espejo Azul*. Encontrarás pequeños cambios, pero el libro es el mismo.

*El Espejo Azul* nació con mucha ilusión, pero por circunstancias no tuvo el camino que tenía que haber tenido. Ahora he decidido volver a reeditarlo con pequeños cambios como el título y el subtítulo, y pequeños cambios de estructura.

¡Feliz lectura!

# Una noticia inesperada

El campo de San Francisco se está comenzando a vestir de primavera. Las suaves temperaturas de las últimas semanas anunciaban que el invierno poco a poco se iba alejando. Un tímido sol comenzaba a abrirse paso entre unas gruesas nubes, los árboles comenzaban a vestirse de verde y unas tímidas y sencillas margaritas salpicaban el cuidado césped.

Adriana miró el reloj, las 16:48. Aceleró el paso y, con mano firme, se quitó la bufanda y la guardó en el bolso, se desabrochó el abrigo y acomodó la carpeta que llevaba en las manos, ¡qué calor!, cómo ha subido la temperatura, se dijo al tiempo que pasaba rauda y veloz al lado de unos niños que estaban jugando. Atravesó el parque y continuó por la calleja de Santa Susana hasta González Besada. Desde el paso de cebra se divisaba la consulta del doctor Gutiérrez Vera. Espero a que se abriera el semáforo y llego al portal, allí le recibió la amable sonrisa del portero quien, educadamente, le abrió la puerta del ascensor.

Berta estaba enfrascada en el teclado del ordenador y no se percató de la presencia de Adriana hasta que estuvo a su altura.

—Hola, guapa —en su rostro se dibujó una franca y espontánea sonrisa.

—Mira quién habla, esos vaqueros te quedan genial Berta.

—Bueno, bueno, eso es que me miras con muy buenos ojos, en estas vacaciones he engordado, creo que al menos dos kilos, pero qué le vamos a hacer, ¡disfruto tanto comiendo! Adriana, sin embargo, tú has adelgazado más, ¿no? —lo dijo abandonando la mesa y acercándose con gesto preocupado.

—Sí, puede, creo que este vaquero me queda más flojo, últimamente me encuentro muy cansada, es como si hacer cualquier cosa me costara un mundo, por eso he venido a ver a Gonzalo.

—Ya vi que tenías cita hoy, y ya le dije a Gonzalo que se las apañara porque después iba a tomar un café contigo.

—¡Fantástico! Tengo ganas de que me cuente tus vacaciones en la Toscana. La conversación quedó interrumpida por el sonido de unos pasos que se acercaban.

—¡Adriana!, tan puntual como simple. Un momento, ahora mismo estoy contigo.

—Berta archiva el expediente del señor Vázquez y dale cita para la próxima semana.

Gonzalo se dio la vuelta y con una sonrisa le indico a Adriana que entrara en la consulta.

—Dame un beso pequeña, antes no he podido saludarte en condiciones.

—Uno, no, dos.

—Siéntate, ¿has venido sola?

—Si he salido de la facultad para venir, no creo necesario molestar a Leonor o a Flavia, ¿por qué?, ¿ocurre algo? —Adriana miró con curiosidad y preocupación el gesto grave de Gonzalo, este se removió inquietamente en el sillón y comenzó a juguetear nerviosamente con un bolígrafo. Su gesto se volvió más grave y su tez morena se tornó pálida. A pesar de ser un hombre robusto, se sintió empequeñecer.

—Adriana, sería mejor que fijemos una hora para mañana y te acompañe Leonor o Flavia, y ahora te vas a tomar ese café con Berta.

—Gonzalo, ¿qué pasa?, te conozco desde niña, eres el mejor amigo de Sergio.

—Nada Adriana, —poniéndose en pie y sentándose a su lado.

—Si no sucede nada, entonces por qué tienes un gesto tan grave y tu voz está apaga, sin contar con que no te atreves a mirarme a los ojos.

—Se me olvidaba lo observadora que eres, por algo estudias psicología, supongo que no te puedo engañar.

—Gonzalo, ¡habla ya! He venido por los resultados de mis análisis y no me pienso marchar sin ellos. Adriana fijó sus enormes ojos negros en Gonzalo al tiempo que su delgado cuerpo se acomodaba en la silla y un mechón de pelo le caía por la cara. Adriana observó cómo Gonzalo se ponía en pie y se dirigía hacia la ventana, nunca le había visto tan asustado, su cuerpo robusto daban la impresión de que había desaparecido tras la preocupación y el miedo que le daba enfrentarse a aquella conversación. El silencio apenas duró unos segundos, que para Adriana fueron eternos. Con paso lento, Gonzalo se acercó a la silla que estaba al lado de Adriana y se sentó de nuevo a su lado.

—Mira Adriana, vamos a tomarnos un café los tres, y mañana cuando vengas con Flavia o Leonor hablamos de tus análisis.

—No, estoy harta de tanto misterio, habla y dime lo que sea. Me estoy empezando a enfadar.

—¡Adriana, por favor!—clavando sus ojos grises en el rostro de Adriana. —Gonzalo, ni que me estuvieramuriendo,esbozando una leve sonrisa. El rostro de Gonzalo se volvió de piedra y soltó la mano de Adriana.

——Gonzalo, ni que me estuviera muriendo.

El rostro de Gonzalo, se volvió de piedra y soltó la mano de Adriana. —Me estoy muriendo, ¿en serio? ¡Anda ya!, bicho malo nunca muere. ¿Verdad?

—En tus análisis hemos detectado un número exageradamente elevado de leucocitos, por eso los envié a mi colega del hospital para repetirlos y volver a analizarlos.

—Bien, y eso, ¿qué significa?

—Adriana... deberías de estar acompañada por tu abuela o tu hermana.

—Pero no lo estoy, y no lo voy a estar, así que habla de una maldita vez.

—Eso significa que tienes leucemia, —dijo con un hilo de voz —pero comenzando el tratamiento cuando antes existen muchas posibilidades, eres joven y fuerte

—Leucemia, por eso me siento tan débil y cansada

—Si es un síntoma.

—Y mareada y he perdido peso.

—Si, pero cuando empecemos el tratamiento te sentirás mejor

—Mejor, —con voz apagada.

—Sí, ¿estás bien?, ¿quieres tomar algo? Si quieres vamos a dar un paseo y tomamos un café fuera.

—No, —con voz contundente y firme.

—Vale, llamaré a Martínez para que gestione tu ingreso esta semana.

—Gonzalo, he dicho no.

—Adriana, no te entiendo, ¿a qué te refieres con no?

—No me voy a poner quimioterapia.

—¿Qué?, no, de eso nada, tiene tratamiento y lo pondremos.

—No perdona, sé que me quieres mucho y que eres como de la familia, rectifico, eres de la familia, me conoces desde muy pequeña, pero aquí decido yo. Es mi vida, y es mi cuerpo, y lo que me quede quiero vivirlo, como dice Sinatra, «a mi manera».

—Adriana, Adriana; como médico y como amigo no te lo aconsejo.

—Si no me pongo tratamiento, ¿cuánto tiempo tengo?

—Unos seis meses como mucho.

En el rostro de Adriana se dibujó una amarga sonrisa. —La decisión está tomada, no pienso someterme a quimio, quiero vivir lo que me quede tranquila y en paz, en casa rodeada de mis cosas y mis seres queridos, y no en un hospital, rodeada de extraños. Gonzalo, me voy a morir, y yo y solo yo soy la que decide. Muchas gracias por tu delicadeza. Dame un beso que me voy, ya te he robado bastante tiempo.

Una suave brisa la abrazó con dulzura al salir a la calle, la tarde estaba llegando a su fin, un cielo teñido de azul y naranja despedía al día para dar paso a la noche; Adriana suspiró con fuerza, llenó sus pulmones del aire viciado de la ciudad, miró a su alrededor y pensó que la tarde era demasiado bonita para enterarse una de que va a morir, todo era ruido, el ir y venir de los transeúntes, todo lo que la rodeaba era vida. Comenzó a caminar sin rumbo y notó en su interior una especie de angustia. Solo podía ver unos enormes ojos verdes, una sonrisa triste y fingida, todo ello en un rostro bello bronceado por el sol. Gabriel, mi querido Gabriel, cómo te echo de menos, la vista se le nubló y noto que unas ardientes lágrimas resbalaban por sus mejillas.

---

Una nube de humo blanquecino salió de la boca de Leonor a la par que el suave balanceo de la mecedora la acompañaba, dejó el puro sobre el cenicero que tenía al lado y con mano distraída acarició a Maurice que dormitaba en su regazo, el gato ronroneó y miró a su dueña de reojo, un ruido que venía del fondo del pasillo le sobresaltó y salió corriendo en dirección a la habitación de Adriana.

—¡Hola, Maurice!, ¿te he despertado? —una bolita de pelo gris y blanca salto a la cama y comenzó a olisquear la maleta con curiosidad. —Ven aquí cariño que te voy a comer a besos—. Adriana se sentó y puso a Maurice en su regazo acariciándolo con dulzura, prepárate que en breve nos marchamos.

Maurice se zafó de los brazos de Adriana, se dirigió a la puerta abierta y salió de nuevo al pasillo seguido por Adriana. —Abuela, la maleta ya está preparada.

Leonor se levantó con lentitud de la mecedora, dejando de nuevo el puro en el cenicero y se acercó a su nieta con gesto preocupado. La luz del medio día entraba con fuerza por el amplio ventanal del salón.

—¿Lo llevas todo?

—Sí, abuela, además me marcho a Cudillero, e iréis a visitarme.

—Claro cariño, no vamos a permitir que pases esto sola, aunque te empeñes en excluirnos.

—¡Abuela! Ya lo hemos discutido hasta la saciedad, mira de Flavia y Sergio sabía que iba a reaccionar tal y como lo han hecho; mi pobre hermana y mi cuñado son unos intransigentes y con la mente cerrada, a pesar de su edad, pero tú, no, abuela. Siempre hemos conectado, somos iguales —dijo con un hilo de voz.

—Querida niña, soy tu abuela, es normal que me preocupe, o qué pretendes que me quede tan ancha, enterándome de que tienes leucemia y de que no piensas luchar.

—Te lo he dicho mil veces, aunque Gonzalo diga que sí tengo posibilidades, no es cierto, nos explicaron en el hospital el tipo de leucemia que padezco y es como la lucha de don Quijote contra los molinos de viento, y no quiero pasar mis últimos meses en el hospital luchando contra algo que es inevitable, quiero vivir, disfrutar de las pequeñas cosas de la vida, pasar este tiempo en ese lugar mágico para mí, rectifico, para nosotras, que es Cudillero. Abuela, necesito hacer un balance de mi vida estando lúcida, es importante para mí acostumbrarme a la enfermedad y aceptarla. ¡Entiéndeme por favor!

—Mi vida, claro que te entiendo, y perdóname, estoy proyectando mis miedos en ti, sé que quieres estar sola y que Maurice te cuidara, todos los fines de semana iremos a pasarlos contigo.

—No te olvides de Elvira, que no se separara de mí, ya estoy viendo las peleas y enfados con ella, y cómo no, Matilde y Manuel.

—Eso me deja mucho más tranquila, mi niña.

# Uno. Una tarde cualquiera

Acarició el álbum de fotos que tenía entre las manos, con mano torpe lo abrió y comenzó a mirar las fotos. Paseó sus hundidos ojos por las innumerables fotos que contenía, «cuantos recuerdos», se dijo Adriana. Allí estaban, papá y mamá sonriéndole, el abuelo Paulo, la abuela Leonor, ella y Flavia de pequeñas. Allí estaba, inmortalizada, una etapa de su vida. Allí estaba Flavia en el día de su graduación, Flavia con Sergio el día de su boda, Flavia con Xana en el hospital, Flavia y Sergio con su segundo hijo recién nacido en la casa de Cudillero ¡Qué tiempos tan felices! Era como revivir el pasado, pero lo que pasa no vuelve y ahora se encontraba en un presente incierto, un presente que presentía que muy pronto llegaría a su fin.

La enfermedad había seguido su curso normal y estaba llegando a su recta final. Sabía que muy pronto estaría rodeada de sus seres queridos, que muy pronto abandonaría su cuerpo material para volar más ligera a ese sitio donde la estaban esperando con los brazos abiertos sus padres y el abuelo.

La tarde estaba llegando a su fin. Una hermosa tarde de otoño en la que el sol bañaba de oro el paisaje. Adriana miró las casas colgadas en la montaña, el viejo Muelle de Cudillero, el Muelle nuevo. Intentó gravar en su memoria todo lo que estaba pasando. Los pescadores de regreso a sus hogares, la alegre algarabía que producían con sus conversaciones. Intentó retener para siempre el cromatismo de los árboles vestidos de verde, ocre, marrón, que comenzaban a perder sus vestiduras. Miró el cielo teñido de oro y el mar, su amado mar Cantábrico. Adriana entró en casa, y con paso lento y trabajoso entró en el salón. Se dejó caer en el sofá cerca de la ventana, echó la cabeza para atrás y cerró los ojos.

Se oyeron unos pasos que bajaban las escaleras. Flavia se paró al entrar en el salón y miró a su hermana. Miró su cuerpo frágil y bien formado, su pelo negro derramado por el sofá y como el sol rojizo jugueteaba con él dándole un color intenso. Flavia se acercó a su hermana y le tomó la mano.

—Perdona, te he despertado.

—No, estaba pensando.

—Pensando, ¿en qué? —Flavia observó que la enfermedad no había sido capaz de robarle el brillo y la fuerza de su mirada.

—En que pronto me marcharé.

—Adriana, no digas eso.

—¿A quién intentas engañar Flavia?, tú sabes que esto se está acabando.

—No me gusta oírte hablar así Adriana, me pones triste.

—No quiero que te pongas triste. Pronto estaré con papá y mamá y con el abuelo, ¿tú te acuerdas de ellos?

—Sí, eran maravillosos.

—Ahora tendré la oportunidad de conocerlos. Cuando ellos murieron yo tenía dos años y no recuerdo apenas nada.

Flavia no puedo continuar hablando con su hermana, un nudo en la garganta de lágrimas y sollozos se lo impedía.

—Adriana, ¿necesitas algo? Voy a ver a Matilde.

—No. Bueno, sí. Enciende las velas, quiero disfrutar de la luz tenue de la tarde que se va y de la luz de las velas. Me gusta el ambiente romántico y melancólico que produce su luz mezclada con los últimos rayos del sol. Le das a Matilde un beso de mi parte. Dile que estoy muy cansada para ir a verla.

—Sergio está arriba, yo volveré pronto. Si necesitas algo solo tienes que llamarlo.

—Bien, vete tranquila.

La tenue luz de la tarde se mezclaba con la suave luz de las velas. Adriana oyó a su hermana cerrar la puerta y hablar con Matilde. Sintió una profunda tristeza, algo que no había sentido hasta ahora. Sabía que pronto no vería a su querida Flavia, a su queridísima hermana, tan distinta a ella, pero que también la comprendía y respetaba. Sabía que no vería a Sergio, su querido cuñado, ni a sus sobrinos a los cuales adoraba, ni a su querida abuela. Una profunda tristeza trajo unas lágrimas a sus ojos. Nunca había llorado, ni cuando se enteró de su enfermedad. Pero ahora tenía la necesidad de hacerlo. Se sentía muy sensible y susceptible estos últimos días. De pronto le vino a la mente el recuerdo de Gabriel, y una leve sonrisa sustituyó sus lágrimas. Recordó sus ojos y su sonrisa. Unos ojos tristes y una sonrisa fingida. Recordó todo el amor que sentía por él, y pensó que si lo amaría tanto si realmente lo conociera. ¿Estaba dudando de su corazón? No, solo se estaba cuestionando un sentimiento que le había acompañado durante largos años de su vida.

Sintió que le costaba respirar y la vista se le nublaba, todo se hacía oscuro a su alrededor. Las fuerzas la abandonaban. Oyó que una puerta se abría y unos pasos se acercaban. Oyó la voz angustiada de Flavia llamando a Sergio y vio la cara de su hermana.

—¡Adriana!, ¡Adriana!, ¡no! Sergio, Sergio llama a una ambulancia. Aún está viva, pero no creo que llegue al hospital. ¡Sergio!, ¡Sergio!, haz algo.

Todo se nubló a su alrededor. En la distancia vio una brillante luz y en ella a sus padres y al abuelo que le sonreían.

# Dos. Confidencias

La ingrávida y suave luz del otoñal atardecer comenzaba a cubrirlo todo con su manto gris. Las irregulares siluetas de las casas colgadas en la montaña, de bellos colores, contrastaban con el verde de las montañas que se veían al fondo; con los diversos verdes, marrones y ocres de los árboles, que comenzaban a perder sus hojas.

Leonor, en el umbral de la puerta, aspiró profundamente la brisa marina, y depositó la mirada cansada y triste que la acompañaba desde la partida de Adriana, en la Plaza de la Marina, el viejo muelle de Cudillero y el muelle nuevo repleto de coquetas lanchas de vivos colores que se preparaban para pernoctar. Dejó descansar sus hundidos y llorosos ojos en el mar. Un mar gris. Un mar espejó del cielo. Se dejó envolver por la algarabía de los pescadores que regresaban a sus casas después de la dura faena, por el griterío de los niños, por el olor a pescado frito mezclado con el salitre del mar y el fuerte olor a algas. Suspiró profundamente, se enjugó con manos temblorosas las lágrimas que caían por sus mejillas y después de atusar sus blancos cabellos entró en la casa.

Miró el vestíbulo, y sintió, que la entereza e integridad que la habían acompañado durante todo este tiempo la abandonaban.

Era la primera vez que volvía a Cudillero, a la vieja casa donde había vivido momentos tan felices con su esposo y sus nietas Flavio y Adriana. Y ahora Adriana no estaba, su niña, su nieta pequeña no estaba, a sus veinticinco años había abandonado este mundo. Era injusto y terrible ver como se muere alguien que tiene toda la vida por delante. Leonor deseó en esos momentos tener el coraje que había acompañado a Adriana durante toda su enfermedad. Hacía un mes de su muerte y todo seguía igual, nadie tuvo valor para recoger su ropa, sus libros, en definitiva las cosas que la rodearon en los últimos meses de su vida, en su amado Cudillero.

Leonor subió lentamente las escaleras. Sintió que un escalofrío le recorría el cuerpo al entrar en la habitación de Adriana abarrotada de libros, al ver su mesa de trabajo llena de papeles, tal y como ella los había dejado antes de su meditada y estudiada marcha. Se dejó caer en una silla y miró con desgana los innumerables papeles sembrados por la mesa. En una esquina pudo ver una carpeta marrón y la abrió para ver lo que contenía. Leonor sacó las pequeñas gafas del bolsillo de su chaqueta y comenzó a leer. Sus temblorosos labios dibujaron una leve sonrisa que iluminó su arrugado y curtido rostro por los años y el dolor. «Así que esto es lo que has estado haciendo durante estos meses, mi querida niña. Nunca le olvidaste, él ha sido alguien importante en tu vida y esta es tu forma de despedirte de él ¡Oh, mi pequeña!, no era capricho de juventud. Mi querida Adriana, tú tenías razón: cuando conoces a tu compañero de espíritu, el corazón lo sabe, tú mi pequeña, lo descubriste siendo muy jovencita. Entro en tu vida sin pedir permiso, instalándose en lo más profundo de tu alma, de tu corazón, descubriéndote un nuevo mundo, sintiendo un huracán de emociones en tu interior».

Leonor se quitó las gafas, pasó su mano por la frente y se acercó a la ventana. Las farolas comenzaban a encenderse ¡Qué bonita estaba la plaza! Todo eran siluetas, formas inconexas que se preparaban para el descanso nocturno. Abrió la ventana y recreó sus angustiados ojos por el pintoresco paisaje ¡Qué paz, qué tranquilidad le producía! Sintió que toda la tristeza, toda la culpabilidad, todo aquel cúmulo de sentimientos que la invadían desde el día que conoció la enfermedad de Adriana se desvanecían por un momento en la oscuridad del anochecer.

El musical y sedante murmullo del mar, le proporcionaban serenidad; para pensar, para tomar decisiones. Pensó en Paulo, en lo hermoso que había sido su amor y en la suerte que había tenido de encontrarlo, de vivir un gran amor y compartir unos años maravillosos con él. Paulo fue mi amigo, mi amante, mi esposo, mi compañero. Siempre me entendió y comprendió. Él fue el hombre que siempre busqué y tuve la suerte de encontrar.

Le doy gracias a Dios por los años tan maravillosos que vivimos. Lo tuve y lo perdí, y nunca pude volver a enamorarme, a sentir nada parecido porque en todos le buscaba a él, ansiosamente le buscaba. Yo que he conocido el auténtico amor, te entiendo, mi pequeña; lamento que mi comprensión llegue tarde, pero te prometo que, en esta aventura, tu abuela será tu cómplice, tu confidente, un secreto entre las dos.

Del piso inferior le llegó una voz familiar que la llamaba, era Matilde que al ver la casa abierta se había acercado.

—Matilde, sube estoy arriba. —Levantándose y cerrando la ventana.

—¡Hola, querida mía!, ¿cómo estás?

—¿Cómo te va Matilde? —Le respondió cortésmente con otra pregunta, intentando de esta forma evitar hablar de Adriana.

—Bien querida, bien. —Dándole un cariñoso abrazo a la vez que depositaba un dulce beso en la fría y blanca mejilla de Leonor—. Pero, no me has contestado, ¿Cómo te encuentras?

—Intentando acostumbrarme a la nueva situación ¡La echo tanto de menos!

—Lo sé. Nosotros la extrañamos muchísimo. El poco tiempo que la tuvimos cerca fue maravilloso. Siento un vacío inmenso al ver la casa cerrada y tan triste.

—¿Cómo se encuentra Manuel?

—Muy apenado, él la consideraba como la hija que nunca tuvimos.

—Sí, mi querida niña era muy dulce.

—Sí, en el timbre de voz de Matilde se podía apreciar una gran tristeza.

—Creí, no encontraros aquí.

—Manuel está terminando una última escultura para la nueva colección que expondrá en Barcelona.

—Me alegro mucho.

—Estás muy pálida. Ven a casa, necesitas tomar algo caliente.

—No, gracias. Flavia y Sergio están a punto de venir a buscarme. Han ido al cementerio, yo no he tenido suficiente valor.

—Xana y Enol, ¿también vinieron?

—No. Están en época de exámenes y no es bueno para ellos tanta tristeza. Solo tienen trece y ocho años. Además, a Adriana no le gustaría.

—¿Qué piensas hacer con la casa?

—No sé. Me da pena deshacerme de ella, está llena de recuerdos. —Los ojos de Leonor adquirieron vida por unos segundos —. Quizá sea habitada por alguien. Por un amigo de Adriana.

Matilde miró a su amiga con cariño y se fundieron en un abrazo de los que  intentan unir los trozos rotos del corazón.

# Tres. Ariel

Sus sensuales labios dibujaban una dulce sonrisa que si uno se fijaba un poco, se podía apreciar que no era más que una máscara que malamente ocultaba el cansancio y la tristeza de sus ojos. Unos enormes ojos verdes que contrastaban perfectamente con su piel morena y su pelo castaño. Ariel se encontraba rodeado de gente; toda ella ligada, directa o indirectamente, al mundo de la música, e imprescindible en la presentación de un nuevo disco. Se acercó al bar en busca de una copa, y un lugar donde poder estar tranquilo. En los últimos meses, había forzado mucho su cuerpo y su mente. Primero la composición de las canciones y los posteriores arreglos, después la grabación, y como no, la presentación del nuevo disco y la promoción; ni más ni menos que una gira de tres meses por América Latina.

Tomo la copa y comenzó a abrirse paso entre la gente, su intención era llegar a la terraza y disfrutar de la maravillosa vista de Los Ángeles que desde allí se podía divisar. Pero en mitad del trayecto notó que una mano le oprimía el hombro con fuerza y lo saludaba efusivamente.

—¡Ariel!, mi más sincera enhorabuena, un disco fantástico, lleno de sentimiento.

Ariel recorrió con la mirada al sujeto que estaba delante de él, no haciendo el menor esfuerzo para recordar quién era aquel individuo de ojos saltones y voz afeminada.

—¿No me recuerdas? Soy Genaro Méndez. Te he entrevistado en un par de ocasiones.

—¡Ah!, Perdona, no logro recordarte.

—Sí, te entrevisté en México cuando aún eras un niño de once años y comenzabas tu carrera. La otra entrevista fue cuando regresaste a México con el segundo puesto en el festival de San Remo debajo del brazo ¡Caramba muchacho!, hay que ver lo que has cambiado desde el inicio de tu carrera, en este difícil mundo, y aquí sigues, cosechando triunfos y escribiendo tu nombre con letras de oro.

—Cuando te sientes bien con lo que haces y crees en lo que haces, el esfuerzo y el sacrificio no te importan.

Ariel intentó continuar con su idea inicial, llegar a la terraza. Así que comenzó a caminar.

—Mañana comienzas la gira, ¿verdad?

—Sí, comienza en Miami y terminará en Argentina.

—Pues no te entretengo más. Te deseo mucho éxito.

—Gracias. —Ariel acompaño su agradecimiento con un simulacro de sonrisa que iluminó su anguloso rostro.

—Una cosa más, Icía Gómez, ¿te acompañará en la gira? —El rostro de Gerano no podía ocultar que de la respuesta de Ariel podía salir una exclusiva —. Se ha comentado que sois muy amigos.

El rostro de Ariel no abandonó su peculiar sonrisa y simpatía que lo caracterizaban, al oír la pregunta de Genaro.

—Cuando tenga que comunicar algo, lo comunicaré, pero mientras, no quiero que nadie se entrometa en mi vida privada.

—Eso es una utopía con la que todos los famosos soñáis. Hasta otro rato.

Ariel miró el local repleto de gente, vio como Genaro se abría paso entre la gente y se perdía entre esta. A metros de él pudo ver a Héctor y Gonzalo vigilando atentamente cada uno de sus movimientos, se habían convertido en su sombra, eran como si formasen parte de su persona. Héctor y Gonzalo eran sus guardaespaldas más antiguos, que lo protegían como si fuera la más preciada joya desde sus once años.

Por fin llegó a la terraza, se dejó caer en un cómodo sillón, cerró los ojos y suspiró:«Al fin solo, estas fiestas son agotadoras, cada año las llevo peor», pensó Gabriel, y recordó como al principio de su carrera no podía asistir a ellas, porque su padre le decía que era un niño.«Cuando cumplí los dieciséis empecé a disfrutar de mi propio éxito, pero siempre con la atenta mirada de papá, y como no, de los guardaespaldas, vigilando, controlando cada uno de mis movimientos, pero a medida que pasaba el tiempo me cansaban».

Ya han pasado dieciséis años, y es como si todo y nada hubiese cambiado. He perdido cosas irremplazables, como mi infancia, de la que nunca pude disfrutar. Hace tres años que papá se fue para siempre. No, para siempre no, porque en cada canción, en cada éxito, en cada sueño, está él.

Todo y nada ha cambiado. En mi interior sigo sintiéndome aquel niño que anhelaba su mayoría de edad para hacer lo que le viniera en gana, para tomar el rumbo de su carrera y expresar con sus canciones todo lo que llevaba en su interior. Pero la realidad es que a los veintisiete años se encontraba prisionero de su éxito, como cuando tenía quince.

Ariel abrió los ojos y comprobó que alguien se acercaba, era Tito Cifuentes, uno de sus managers desde hacía años.

—Así que estás aquí, ¿estás bien? —Tito se sentó enfrente de Ariel desabrochándose la chaqueta del esmoquin.

—Sí, ¿por qué lo preguntas?

—Te veo un poco apagado. Tú eres el centro de atención, no puedes permitirte melancolías ahora. Tienes que vender a Ariel y su música y la mejor forma es siendo encantador, simpático y luciendo una gran sonrisa.

—Sí. Ya sé. Necesitaba estar solo.

—Bien, entonces vamos. Nos quedamos unos minutos más y luego nos vamos, mañana será un día muy duro.

Ariel suspiró una vez más y clavó sus verdes ojos en Tito. Observó su rostro frío y distante, su pelo negro salpicado por alguna cana, sus inexpresivos ojos marrones enmarcados por abundantes cejas y alguna que otra arruga que anunciaba el paso del tiempo. Tito se puso de pie y Ariel observó su robusta complexión.

—¡Ariel!, ¿no me has oído? ¡Vamos!

—Sí, ¿sabes lo que me gustaría hacer?

—¿Qué? —dijo con voz tediosa.

—Pasear descalzo por la playa, sentir la arena mojada debajo de mis pies. Sentarme en la arena, contemplar las estrellas, en esta noche maravillosa y dejarme envolver por el susurro de las olas, y sentir la brisa marina acariciándome.

—Ariel, ahora no puede ser y más tarde tampoco. Mañana tienes que estar descansado para dar lo mejor de ti en el escenario.

Tito se abrochó la chaqueta y salió en dirección al salón atestado de gente.

# Cuatro. Misión cumplida

Leonor, vestida con un sobrio traje chaqueta azul marino, terminó de tomar el café, mientras la avisaban que el taxi que había pedido la estaba esperando.

Notó un calor inmenso en el taxi y agradeció la suave brisa que la acarició la cara al apearse. Delante de ella se levantaba un majestuoso y moderno edificio en el cual se encontraba ubicado el estudio donde grababa Ariel.

Leonor se apoyó en su bastón y sujetó con fuerza la carpeta que llevaba debajo del brazo. Recreó sus hundidos ojos por la abarrotada calle, aspiró el aire viciado por la contaminación y con paso firme se dirigió hacia la puerta.

Al entrar en el edificio, un refrigerado ambiente la recibió. El vestíbulo estaba bastante concurrido. En el centro pudo ver a una joven rubia, de ojos azules, que correspondía con el papel de recepcionista. Leonor se dirigió hacia ella y con su olvidado inglés le preguntó por el estudio de Grabación *Géminis*. Después de intercambios orales y gestos llegó a la conclusión de que el estudio se encontraba en la planta octava.

Al salir del ascensor se halló en un pasillo largo y estrecho, iluminado con luz artificial. Las paredes estaban decoradas con fotos de un joven que le era familiar, en diversas posiciones, muy distintas unas de otras, pero todas ellas con un denominador común, Leonor divisó una enorme puerta de cristal y a un extremo un joven alto, moreno y uniformado, «duda el guardia de seguridad», piensa Leonor.

—Perdón, señora, ¿qué hace usted aquí?, esto es una zona restringida y no se puede estar. ¿Tiene cita? En la mirada del guardia se podía apreciar la curiosidad que le producía la figura de aquella mujer, relativamente alta y de complexión frágil. El joven miró los ojos de Leonor y su rostro, surcado por las arrugas producidas por los años vividos. Leonor no pudo ocultar el alivio que le producía comprobar que aquel joven hablaba su mismo idioma.

—Buenos días, joven. —Dijo regalándole una dulce sonrisa —. Traigo un paquete para el estudio, —y mostró la carpeta marrón.

El guardia miró una vez más a Leonor y llegó a la conclusión de que aquella anciana afable, de cabellos plateados, no podía representar ninguna amenaza para nadie.

—Bien pase. Los mensajeros dejan todos sus mensajes a la recepcionista del estudio. Mostrándole a la joven que se encontraba en el vestíbulo.

—Gracias, joven. Que tenga un buen día.

—Lo mismo le deseo, señora, buenos días.

Leonor hizo girar la puerta y se encontró en un espacio elegante y refinado. Hacia la mitad del vestíbulo vio a una joven rodeada de papeles y que afanosamente estaba ensimismada en el teclado del ordenador.

—Buenos días, señorita.

La joven levantó la cabeza, saludándola con una amplia sonrisa.

—¿Qué desea, señora?

—Por favor, ¿podría decirme si Ariel está grabando?

La joven esquivó la profunda mirada de Leonor.

—Señora, eso es confidencial, ¿es pariente de él?

—No, señorita. Necesito entregarle un paquete.

—Bien, yo soy la encargada de recibir todos los paquetes y mensajes. Yo se lo entregaré.

—No. No lo entiende. Necesito entregárselo personalmente. Es muy importante.

La joven miró a Leonor y vio la expresión de angustia y desesperación que en su rostro se reflejaba.

—Siéntese. Tranquilícese. Le voy a buscar un té.

—No, gracias.

—Sí. Necesita tomar algo.

Pasados unos minutos vio acercarse a la joven con dos vasos.

—Tenga, ¿quiere azúcar?

—Está bien, gracias. —Dándole un sorbo—. Es una suerte para mí que hable español.

—Debe de ser muy importante lo que tiene que entregarle.

—No se lo puede usted imaginar.

—Me encantaría continuar con la plática con usted, pero el trabajo me espera.

—Por supuesto querida. Gracias por el té.

—Lo que sí puedo hacer es avisarla de la llegada de Ariel.

—No se imagina lo que se lo agradezco. Gracias, querida amiga.

En su espera decidió ojear los periódicos que tan amablemente la joven recepcionista le había facilitado.

—Señora, él ha llegado. Tendría que esperar a que salga. Tardará aproximadamente una hora, pero le será prácticamente imposible acercarse a él, señalando a dos individuos de aspecto osco, sentados cerca de una puerta cerrada, detrás de la cual se encontraba Ariel.

—Gracias, querida joven, pero, ¿por dónde ha entrado?

—Por el ascensor del garaje.

—Y para irse, ¿se marchará por el mismo sitio?

—Sí, pero tiene la costumbre de pasar antes por aquí para mirar su agenda y recoger mensajes.

—Él o sus gorilas.

—Ambos. No da un paso sin ellos, pero siempre viene él.

—Gracias, querida.

—De nada, señora, y suerte, va a necesitarla.

Un cosquilleo le recorrió el cuerpo fruto del nerviosismo que le producía saber que su misión estaba a punto de finalizar. Le producía un gran nerviosismo saber que lo vería en persona, que lo tendría cara a cara, que le podría entregar las confidencias de Adriana. Se rio de sí misma, parecía una adolescente en su primera cita.

Leonor levantó la cabeza alertada por el revuelo que se produjo, la puerta del fondo se abrió y vio salir a cinco personas, en el centro pudo ver a un joven que vestía pantalón vaquero, camiseta de algodón color azul y zapatillas de deporte. Quedó tristemente sorprendida al comprobar que sus ojos eran aún más tristes e inexpresivos en persona, que unas enormes ojeras formaban parte de esa mirada dura y vacía y que su sonrisa era de hielo.

Leonor tomó su bastón y trabajosamente se incorporó. Lo vio pasar delante de ella, esperó a que consultara su agenda y recogiera los mensajes. Terminada la misión, Ariel se volvió y se encontró con una señora que amablemente le obsequiaba con una franca sonrisa. Ariel dio media vuelta para volver sobre sus pasos, pero una voz le impidió continuar.

—Buenas tardes.

Ariel se dio media vuelta y miró con curiosidad a Leonor. Los rostros de su guardaespaldas reflejaban la desconfianza que les producía la atención que Ariel le había prestado a Leonor.

—Buenas tardes, señora, ¿la conozco?

—No. Solo quiero entregarle esto, —mostrándole la carpeta.

Leonor no pudo entregarle la carpeta porque uno de los guardaespaldas la empujó bruscamente tirándola en el sofá. Ariel, muy incómodo por la situación, se deshizo de sus opresores y se sentó a su lado.

—¿Está bien?, lo siento

—Sí, hijo. No te preocupes. Toma esto, es para ti. Solo he venido para entregártelo. Mi misión está cumplida. Y ahora marcha, esta vieja ya te ha robado mucho tiempo.

# Cinco. Historia de un amor (I)

En una lluviosa y gris tarde de otoño. En una tarde en la que el viento acaricia con su mano fría y brusca los árboles. En una tarde en la que la lluvia se precipita contra el cristal de la ventana, decido escribirte una carta de presentación y de despedida. Yo desde aquí, desde mi pequeño rincón acogedor y recoleto y acompañada por el musical rugir del mar que con su furia e incansable fuerza golpea el viejo muelle de Cudillero, decido poner en orden lo último que me queda pendiente. Quiero reconocer que te quiero y aceptarte.

Recuerdo que te conocí en primavera a mediados del mes de marzo. Jamás te había visto, ni había oído tu nombre, al menos eso creía yo, porque años atrás te había visto, pero ni siquiera reparé en ti.

Pero el destino me guardaba la sorpresa de volver a verte años más tarde.

Era una mañana normal, en un colegio normal. La niebla, con su presencia silenciosa, iba borrando el horizonte, avanzando como un enorme manto de algodón húmedo, que impedía al sol mostrar su amable cara. Pero de pronto y sin esperármelo apareciste tú, no sé si para dar luz al día o para volverlo más oscuro y triste. Nunca olvidaré lo que sentí cuando vi tu foto, tu enorme sonrisa, tan espontánea y natural, tan llena de vida, de entusiasmo e ilusión. Nunca olvidaré lo que sentí al perderme en tus enormes ojos verdes, llenos de luz, al ver tu rostro diáfano, tu pelo castaño ligeramente largo.

Sentí tantas cosas juntas. Admiración, alegría, tristeza, miedo, frío, calor, nervios, miles de mariposas revoloteando en mi estómago, las rodillas de goma. Pero lo que sí recuerdo con suma nitidez, es la tristeza que me invadió. En ese momento me di cuenta de que sentía algo muy especial por ti, algo que no me atrevía a calificar. En ese instante supe que estaba enamorada de un niño de catorce años, que tenía una sonrisa maravillosa y unos enormes ojos verdes y que además jugaba a ser cantante y salía en las revistas de música especiales para adolescentes.

Entonces me pregunté, ¿cómo será el niño que da vida al ídolo? Eso es lo que he intentado averiguar durante estos largos años. En aquellos momentos vi a un niño lleno de sensibilidad, ternura, romanticismo, un niño lleno de ilusiones, de sueños, un niño que me hablaba de cosas que yo no me había planteado nunca, un niño con sueños de hombre que yo admiraba y amaba.

En esos momentos me sentí tan minúscula, tan poco interesante. Me sentí culpable de quererte, no debía quererte, no podía, era un lujo que no estaba permitido. Tú estabas demasiado alto para mí, sencillamente porque yo estaba muy por debajo de ti. Ese sentimiento me ha acompañado durante todos estos años. Es curiosos, tú has sido alguien importante en mi vida, siempre has estado formando parte de ella, sin tú sospecharlo. Has influido en cada una de mis decisiones, y lo que es más curioso, siendo esas decisiones fruto de mi intento de huir de ti. Es ahora cuando me he enterado de que tengo una enfermedad mortal, cuando tengo el suficiente valor para enfrentarme a ti y reconocer que te quiero y que te querré ahora y siempre. Es curioso ver que en este momento en el que el tiempo es exiguo, decida aceptar que te quiero. Es hora de quitarse las máscaras que llevamos durante nuestra vida y enfrentarnos con la persona que en realidad somos, no con la persona que la gente cree que somos, o la persona que nosotros mismos creemos que somos, sino con la persona que en realidad somos y que mucha gente se muere sin conocerla. Es triste, ¿verdad?

Ahora que sé que pronto abandonaré este cuerpo material que me ha acompañado durante estos años de mi vida. Ahora que he decidido cómo será mi forma de morir, porque existen muchas formas de vivir, todas ellas aceptables y respetables, pero de lo que no estamos mentalizados es que existen muchas formas de morir y este es un derecho inviolable de la persona.

Pues bien, es ahora cuando por fin he aceptado la verdad, te he aceptado. Desde el día que te conocí, he intentado borrarte, anularte de mi mente, todo lo que he hecho ha sido huir, huir de ti. Pero es imposible, estás escrito en mi destino. Es ahora cuando el tiempo es oro y nunca mejor dicho, porque sé con certeza que cada momento será único e irrepetible. Es en este momento en el que estoy aprendiendo que lo que importa es el presente. En este momento tú eres el centro de mi presente inmediato.

Ariel dejó caer los folios en el suelo, cerró los ojos, echó la cabeza para atrás y sintió el reconfortante y tranquilizante cosquilleo de las burbujas de agua en su cuerpo. El día había sido agotador y la noche aún más. La fiesta de Icía lo había agotado por completo.

Miró los folios desparramados por el suelo y pensó: «Otra de tantas» ¡Qué aburrimiento! Ariel recordó a Leonor, aquella señora que le había entregado la carpeta. Recordó a aquella señora de cabellos blancos y aspecto frágil como una muñeca de porcelana, aquella señora que subrepticiamente guardaba vestigios de su juventud pasada. Recordó la profundidad de su triste mirada, y se preguntó por qué tanta insistencia en entregarle la carpeta que contenía las confidencias de una desconocida. ¿Qué relación existía entre las dos mujeres? Ariel salió del *jacuzzi*, se anudó la toalla a la cintura y entró en la habitación, se puso el batín de seda granate y miró a Icía que dormía plácidamente. Escuchó su respiración regular y tranquila, su cuerpo inerte, algo aumentado en kilos, pero bello, su morena piel, sus sensuales labios y su largo pelo castaño sembrado por la almohada. Le acarició el pelo, la besó cuidadosamente para no despertarla y salió. Icía era una mujer espectacular que le atraía muchísimo, tan bella como una diosa.

Recogió la carpeta y decidió continuar con la lectura esperando que esta le ayudara a conciliar el sueño y lograra despedirse del insomnio que desde hacía tiempo sufría.

Bajó las escaleras, abrió la puerta de la terraza y se sentó cómodamente en la tumbona que estaba cerca de la piscina. Con manos torpes abrió la carpeta y buscó el lugar en donde había dejado su lectura.

En una tarde otoñal, y amenizada con las gotas de lluvia estrellándose en la ventana. En una tarde melancólica que invita a recordar, recuerdo a un adolescente con sueños de hombre, a un adolescente con unos enormes ojos llenos de vida, alegría e ilusión. Dicen que los ojos son las ventanas del alma y ahora mirándote, yo me pregunto: ¿Qué te ha pasado? Quizás hayas conseguido todo lo que querías, y no has encontrado lo que en realidad quiere tu alma. Quizás el sabor del éxito sea demasiado amargo. Tal vez la clave de la tristeza de tus ojos sea el éxito por el que tanto has luchado. Tal vez la dureza de tu mirada sea ese ir y venir de país en país, de ciudad en ciudad, de avión en avión, teniendo todo y nada, viviendo sin vivir, amando sin amar. Moviéndote en un mundo en el que es muy difícil ser tu mismo. Viviendo en un mundo en el que es difícil saber lo que realmente merece la pena conseguir en esta vida. Me imagino que la vida de un artista debe de ser fascinante y a la vez llena de soledad. Fascinante porque te brinda la oportunidad de vivir experiencias que para otras personas son inalcanzables. Fascinante, porque te brinda la oportunidad de vivir en un mundo fantástico, de ensueño y todo ello aderezado por las mieles del éxito. Pero yo me pregunto: ¿Qué se esconde detrás de todo éxito, de esa aparente felicidad? ¿Es todo tan bonito como parece?

Mirando tus ojos se puede apreciar que no. Que ese mundo de color de rosa no es más que un tupido velo que oculta la realidad. Una realidad llena de soledad, de hipocresía, de halagos y elogios. Una realidad en la que es muy difícil ser tu mismo, y más para ti que empezaste a la edad de once años.

Al mirarte hoy Gabriel, al perderme en tus enormes ojos, intento buscar a un niño con cuerpo de hombre, a un hombre con alma de niño, pero solo encuentro a un hombre con aspecto cansado que le pesan los años que aún le quedan por vivir. Solo veo a un hombre que ha perdido al niño que da vida a su ser, que ha borrado toda huella de dulzura infantil. Solo veo a un hombre de papel, un hombre que no siente, que ha olvidado lo que significan palabras como ternura y dulzura. Solo veo a un hombre desilusionado y desengañado, pero creo que detrás de ese hombre sigue existiendo el niño que nunca pudo ser, el niño al que le robaron su niñez. El niño al que a sonreír se le iluminaba la cara. El niño con sueños de hombre. Pero hoy, perdiéndome en tu mirada, me pregunto ¿dónde *está el hombre con sueños de niño?, del niño que no pudo ser.*

Ariel dejó los folios sobre la mesa y se fue en busca de algo para comer. Entró en la cocina y comenzó a mordisquear una manzana, sentándose enfrente de la ventana y recordó lo que tenía olvidado. Cuánto tiempo hacía que nadie le llamaba Gabriel, muy pocas personas lo llamaban por su nombre auténtico. Para todos soy Ariel, el nombre artístico y todo lo que significa, dinero, éxito y fama. Sonrió tristemente, se pasó la mano por su corto pelo y se quedó inmóvil, con la mirada perdida en la oscuridad de la noche.

# Seis. Historia de un amor (II)

Ariel terminó de afeitarse. Se pasó las manos por la cara y miró la fiel reproducción de su rostro en el espejo. Vio unos ojos carentes de vida. Unos enormes ojos verdes que en otro tiempo habían estado llenos de vida, de luz y color. Ariel vio una mirada triste, vacía, perdida y dura.

Era curioso, nunca se había parado a observar su mirada e intentar descubrir lo que detrás de ella se ocultaba. Quizás nada, simplemente reflejaba un alma desierta. Tal vez, reflejaba el alma de un ídolo, un gran ídolo de papel.

De estas reflexiones, lo sacó Icía que entraba en el cuarto de baño en ese momento.

—Buenos días, mi amor.

—Buenos días. —Tomando a Icía por la cintura y depositando sus sensuales labios en los de ella.

—He dormido de miedo.

—Yo no puedo decir lo mismo. El insomnio me está destrozando.

—¿Qué vas a hacer hoy?

—Ir al estudio.

—Tengo una comida con Paolo Andrea Montórfano. Me ha ofrecido ser la protagonista de una teleserie.

—¿Lo vas a aceptar?

—Sí, quiero hacerlo.

—Supongo que será un impulso importante para tu carrera.

—Pero no te preocupes mi amor —acariciándole dulcemente la nuca y derramando su larga y abundante cabellera por el moreno pecho de Ariel— muy pronto estaré aquí de nuevo—. ¿Irás a despedirme?

—Sí, claro.

Esa tarde, Ariel, llegó pronto a casa. Después de despedir a Icíar no le apetecía volver al estudio. Las últimas canciones no le convencían y quería intentar componer. Sintió toda la fuerza del sol en su morena piel y decidió nadar durante un rato. El sol comenzaba a despedirse, dejando con ello una infinita gama de colores, anaranjados, amarillos, rojizos, entremezclados con el tenue azul y el blanco de alguna despistada nube.

Héctor le llevó un zumo de papaya que Ariel sorbió con lentitud, mientras intentaba componer algo que le saliera del corazón. En su desesperación tiró con brusquedad la libreta en la mesa que tenía enfrente y vio como esta quedaba aparcada cerca de la carpeta marrón que contenía las confesiones de aquella desconocida que en la noche anterior lo habían acompañado. Sus manos se dirigieron inmediatamente hacia ella, como si estas tuviesen autonomía propia, encontrándose casi sin darse cuenta inmerso en la lectura.

El amor entró en mi vida como un terremoto que sacude las entrañas de la tierra, produciendo con ello miedo y soledad. Poniendo todo en desorden y sembrando el caos y la incertidumbre. El amor entró en mi vida a los trece años, robándote tu cara, tu cuerpo y tu mente. Tú, mi querido Gabriel, fuiste el elegido para tal fin, sin tú saberlo. Desde muy pequeña yo me inventé un ser que no tenía ni cara, ni cuerpo, ni alma, pero al que yo amaba. Sabía que algún día, al verlo, mi corazón me gritaría que había encontrado lo que buscaba. Lo que nunca imaginé era la forma y lo que nunca sospeché, lo que nunca escribí en mi cuento de hadas fue que nada más conocerlo correría en busca de los amplios brazos del olvido. Unos brazos en los que su amplitud abarca infinidad de subterfugio. Unos brazos en los que también se encuentra el dolor, la soledad y la tristeza. Pero hay que ser realistas en esta vida, estar abiertos al Universo y dejarse impregnar por su energía positiva y liberar la negativa que es dañina y destructiva.

Aprendí que el dolor se transforma a medida que evoluciona la personalidad. Que la tristeza no es mala amiga, siempre que la acomodes en un rincón del alma, a disfrutar de la soledad. Descubrí que el ser humano lo único que tiene es a sí mismo, su persona, su ser intrínseco que está sostenido por un cuerpo material. Aprendí a saciar la sed de mi intelecto. Encontré nuevos mundos maravillosos e interesantes. Pero lo más importante de todo, aprendí a tener prioridades en esta vida y a luchar por ellas. Pero lo que no aprendí fue a olvidarte y excluirte de todas ellas.

Muchas veces he soñado con que tú y yo formábamos un «nosotros». Un «nosotros» en que se respetaría la individualidad de cada uno, en el que compartiríamos nuestros sueños. Muchas veces he soñado en estar juntos, para hacer cosas juntos, para vivir experiencias únicas e irrepetibles. He soñado con el aprendizaje de la convivencia mutua. He soñado cosas tan maravillosas que me niego a despertar de este sueño. He soñado cosas maravillosas viendo tu cara reflejada en el mar, en el rebelde mar Cántabro que con su fuerza rompe contra las rocas. He visto tu sonrisa mirando el cielo, una sonrisa amplia y limpia en un cielo azul. Una sonrisa forzada en un cielo azul. Una sonrisa forzada en un cielo gris. He visto tu sonrisa triste, vacía y dura en un cielo gris y salpicado por innumerables nubarrones negros, que amenazaban tormenta. He pensado en nosotros mirándome en un espejo azul. Un espejo que en raras ocasiones lo puedes contemplar serena y sosegada como mi alma. Un espejo azul que es reflejo del cielo. Muchas veces, mi amor, mirándome en el maravilloso espejo azul, me he preguntado si sabes apreciar y disfrutar las pequeñas cosas de la vida. Pequeñas cosas como sentir la sutil y suave caricia de la lluvia en la cara mientras te pierdes por la ciudad en una lluviosa tarde de otoño. Pequeñas cosas como contemplar los adoquines que tan cuidadosamente ha encerado la lluvia con su fina mano en un anochecer frío y húmedo de invierno. Pequeñas cosas como pasar una fría tarde de invierno en un acogedor café en compañía de un buen amigo. Pequeñas cosas como observar a través de la ventana como el viento en una fría tarde otoñal, va despojando a los árboles de sus doradas vestiduras. Pequeñas cosas como prepararte este plato que tanto te gusta, aunque no tengas ni idea de cocina. Pequeñas cosas como disfrutar de una fría tarde de invierno en compañía de ese libro que tantas ganas tienes de leer. O disfrutar de la vendimia, o perderte en el campo de una melancólica tarde de otoño, viendo como el sol se filtra entre los árboles, contemplando el singular colorido de los árboles con sus hojas verdes, marrones, amarillas. Pequeñas cosas como aspirar profundamente el salitre y el fuerte olor a algas que el mar nos regala con su furia incontrolable. Pequeñas cosas como pasear por un prado recién segado. Ver como las flores se despiertan y comienzan a salir del dulce sueño de la noche con los primeros rayos del sol. Pequeñas cosas compartir un mínimo de tu tiempo con tu gato y comprobar lo feliz que lo haces, sentir que el cariño es recíproco y que te devuelve con caricias, mimos, y ronroneos el poco tiempo que le has dedicado.

Ariel comprueba con tristeza que la lectura está llegando a su fin. Lo que al principio le pareció una declaración de amor más, se había convertido en una visión exacta de sus sentimientos más profundos e íntimos. Esta desconocida logró sacarlo del letargo en el que vivía. Logró recordarle lo solo que estaba, que no compartía de lo que realmente sentía con toda la gente que habitualmente estaban a su alrededor. Le hizo memorar que desde su infancia se había olvidado de vivir.

Ariel sintió una sensación extraña que le recorrió todo el cuerpo, presentimiento de que su vida iba a cambiar. Con gesto parsimonioso, acomodo los folios y continuo con la lectura, la letra era casi incomprensible.

Ha llegado la hora de la despedida. Alguien me ha dicho que todos venimos a esta vida con una misión, ahora me doy cuenta de que mi misión era amarte hasta el final. Y con ello llega la respuesta a muchas preguntas. Quizá en otra vida tenga la suerte de no enfrentarme con un hombre de papel que me impida acercarme al auténtico hombre al que yo amo.

Mi amor, las fuerzas me abandonan, solo quiero que sepas, que te quiero desde lo más profundo de mi corazón y que me estaré muriendo y estaré pensando en ti. Que lo último que veré será tu rostro. Que en el último suspiro estará el beso tierno y apasionado que nunca me diste. Pensaré en la unión de dos cuerpos fundiéndose en uno solo. Pensaré en tu cuerpo y el mío, uniéndose en el acto maravilloso del amor. Soñaré con los hijos que siempre quise tener y que nunca tuve. Soñaré con nuestros hijos. Mi amor, mi amor maldito. Maldito porque me han ido amoldando a tu imagen y semejanza, vaciando mi vida, robándome los sentimientos más puros y sinceros. Maldito por llenar mi vida de soledad, por extrañarte en cada momento, por sentirme solitaria en cada paso, por no dejar compartir mis sueños contigo, por robarme la capacidad de amar a nadie que no fueras tú. Pero, te sigo amando sobre todas las cosas. Y vaya donde vaya te seguiré amando y deseándote lo mejor.

Hasta siempre mi amor.

Adriana

# Siete. Alma de papel

El sol, con su dorado rostro, comenzaba a despertar la ciudad envuelta por las pequeñas y gotas de rocío. Ariel aceleró el paso de la carrera matutina, y casi sin percatarse se encontró enfrente de su lujosa mansión de Malibú. Con pereza abrió la puerta exterior que conducía a un amplio y hermoso jardín, al entrar se encontró con Héctor y Gonzalo muy nerviosos y sobresaltados.

—¿Dónde has ido? —El tono de voz de Héctor era más frío que el hielo.

—He ido a correr, ¿por qué?, ¿pasa algo?

—Estábamos muy preocupados. Al no encontrarte esta mañana en tu habitación, llegamos a pensar que te habían secuestrado.

—Podías comenzar por darme los buenos días. Preguntarme como me ha ido la carrera. Pero no, siempre con la misma idea. No, no me han secuestrado. ¿Ya estáis tranquilos? Como podéis ver estoy muy sano y a salvo. Dejémoslo.

—Me voy a duchar.

—Date prisa, hoy tienes una sesión fotográfica para el nuevo disco. Y por la tarde, reunión con Tito para concretar las últimas canciones del disco.

—Está bien. —Su tono delataba una angustia que era casi inapreciable, incluso para él mismo —. Súbeme un zumo de naranja y cualquier otra cosa.

Entre prueba y prueba de ropa, hasta elegir la adecuada para la sesión fotográfica, pasaron más de dos horas. Nunca Ariel lo había llevado tan mal, se sentía como una marioneta a la que todo el mundo tenía derecho a manejar para sacar el máximo beneficio. No comprendía lo que le estaba ocurriendo, pero desde hacía varios días se estaba empezando a cuestionar si realmente valía la pena la vida que llevaba. Se miró en el espejo y comprobó con tristeza que su mirada no decía nada. Que sus enormes ojos verdes eran como dos esmeraldas a las que les habían robado toda la luz, y el color. Comprobó con tristeza que su mirada era vacía, triste y carente de vida. Pero lo que más le entristecía fue comprobar que toda la gente que tenía a su alrededor eran los que habían propiciado que su alma fuera un alma de papel, que si la mojas no vale nada. Sintió el incontrolable deseo de llorar, quizás para mojar su alma y de esta forma tener la ilusión de construir otra nueva, llena de ilusiones, sueños, esperanza y sentimientos. En definitiva, dejar de ser un hombre de papel, para convertirse en un hombre de carne y hueso.

Una palmada en la espalda le hizo tragarse sus lágrimas y fingir una amplia sonrisa.

—¿Qué tal, muchacho?

Ariel no pudo ocultar la sorpresa que le produjo ver a Tito en el estudio de Michael.

—¿Qué haces aquí? ¿No tenías que estar ultimando las últimas canciones?

—Sí, tienes razón, pero Michael me llamó para decirme que la sesión iba muy atrasada. Entonces decidí venir, asistir a la sesión y consultarte si dejamos lo de los arreglos de las canciones para más adelante.

—No. Estoy deseando terminar con todo esto.

—Y, ¿qué es todo esto?

—Todo. El disco, la sesión fotográfica…

—Últimamente te noto raro. Descentrado. No pones pasión en lo que haces.

—¿Es qué necesito poner algo? Yo creía que con la imagen que me habéis fabricado desde niño y que tan hábilmente habéis sabido amoldar según iban pasando los años, —con tono sarcástico y clavando sus ojos en Tito —era suficiente.

—Sí. Tu imagen es fundamental, pero necesitamos un mínimo de entusiasmo por tu parte.

—Tito, ¿alguna vez te has preguntado si me conoces realmente?

—Que tontería. Te conozco desde niño y en todos estos años no nos hemos separado nunca.

—¿Alguna vez te has preguntado por qué mi mirada es oscura y triste?

—No, no te entiendo Ariel. ¿Por qué me preguntas todo esto?

—Olvídalo. Estoy cansado.

–Sí, te vendrá bien distraerte. Esta noche asistiremos, mejor dicho, asistirás a la presentación del nuevo perfume de Olga de la Peña.

—No. Ni hablar, no estoy con ánimo.

—Pues tendrás que estarlo. He acordado con el representante de una nueva modelo, que necesita promoción, que será tu acompañante y de esta forma le proporcionarás publicidad gratuita y venderán el encanto de Ariel ante los demás.

—No has entendido nada de lo que te he dicho, ¿verdad? Sabes cuál es tu problema Tito, que no quieres escuchar, —subiendo cada vez más la voz y poniéndose de pie enfrente de Tito—. Eres un egoísta que solo piensa en sí mismo. No te importa lo que siente la persona, solo te importa el ídolo que has creado.

—Ariel, tranquilízate. Estás cansado y no sabes lo que dices.

—Por favor, deja de tratarme como a una marioneta. Sí, sé lo que digo. Sí, sé lo que siento. Pero nunca había tenido el valor suficiente para exteriorizarlo. Hasta ahora no he tenido el valor de aceptar que mi mirada es el reflejo de un alma vacía. Un alma de papel que no vale nada

—Bien, ya te has desahogado. Continuemos con la sesión.

—Me voy.

—¿Qué? No puedes irte.

–Sí puedo. Necesito desconectar de todo lo que me rodea.

—No puedes irte, tienes firmado un contrato.

El horizonte comenzaba a dibujarse por una leve línea malva que anunciaba que el día estaba despidiendo a la noche. Una noche en la que Ariel pensó mucho. Una noche en la que intentó recordar lo que tenía olvidado. Una noche en la que recordó sus sueños de niño. Una noche en la que volvió a escuchar los discos de su padre. Una noche en la que analizó sus sentimientos más profundos, esos sentimientos que tenía olvidados. Una noche en la que decidió que necesitaba una expansión de conciencia. Ariel miró la carpeta que estaba junto a la maleta y reconoció que una desconocida conocía sus sentimientos más profundos. Unos sentimientos que él ignoraba. Una desconocida, de la que no sabía ni su nombre, había logrado revolucionar su mundo interior. Una desconocida con una sutil dulzura había logrado hacerle comprender que el ídolo había devorado al hombre. Había logrado sembrar en él la curiosidad de disfrutar las pequeñas cosas de la vida, como asistir al maravilloso espectáculo de ver amanecer. Recrear la vista en esa infinita gama de colores pintados a capricho por la naturaleza.

Ariel metió la carpeta en la maleta, la cerró y con energía y decisión salió de la casa. Con sumo cuidado para no ser descubierto por sus perros guardianes (Héctor y Gonzalo), cruzó el jardín y su figura se fundió con la explosión de colores que en ese momento se estaba produciendo.

# Ocho. El encanto de Vetusta

—Abuela, no me has comentado nada de tu viaje a Los Ángeles. —Flavia clavó sus inmensos ojos violetas en la figura de su abuela.

—No hay nada que comentar. Estoy muy mayor y los últimos acontecimientos me han golpeado en lo más profundo de mi alma. Necesitaba cambiar de ambiente. Alejarme de todo.

—Sí, querida abuela. —Pasándole el brazo por encima del hombro—. Es tan inicua la muerte de Adriana. Yo creía que había aprendido a convivir con la muerte, pero la muerte de Adriana me ha demostrado que no. Debido a mi profesión como enfermera, estoy muy familiarizada con ella. Pero antes ya vivimos su presencia muy de cerca. Primero fue la muerte de papá y mamá en aquel horrible accidente aéreo, éramos muy niñas, yo tenía nueve años y Adriana dos. Creo que a esa edad no tienes la capacidad suficiente para comprender lo que eso significa. Pero afortunadamente os teníamos a vosotros. —La luz se filtraba por la ventana dibujando en el suelo dela habitación la delgada silueta de Flavia—. Después fue la muerte del abuelo de forma inesperada, un infarto se lo llevó en un caluroso día del mes de julio.— Flavia se arrodilló y apoyó la cabeza en el regazo de su abuela, tapizándolo con su negro y ondulado pelo—. Y ahora Adriana, ¿sabes?, abuela, yo admiraba y admiro a mi hermana; la forma como se tomó su enfermedad. Ella siempre supo lo que quería y cómo quería que fuese su vida. Eso la acompañó hasta la hora de su muerte.

—Sí, mi niña, —acariciándole el pelo—. Adriana era todo un carácter.

—Me estoy acordando cuando las frías tardes de invierno llegábamos ateridas de frío del colegio, y tú nos esperabas con la merienda preparada enfrente del hogar, y al calor de la lumbre y amenizado por la lluvia que el viento precipitaba con los cristales, nos contabas cómo os conocisteis el abuelo y tú. Y nos hablabas de la de la familia brasileña.

—¡Cómo pasa el tiempo! Parece que fue ayer cuando tiré sus cenizas desde el cerro de Urca, en

Río de Janeiro. En su amada ciudad. Recuerdo con suma claridad el día que lo conocí. Fue cerca de la Universidad de Derecho. Él me preguntó precisamente por esa universidad. A mí se me escapó una sonrisa al oír su acento tan dulce y le indiqué que estábamos delante de ella.

—Sí. Y él, apresuradamente te dio las gracias y se marchó. Y tú te fuiste para tus clases en la Faculta de Geografía e Historia.

—Efectivamente. —Una enorme sonrisa le iluminó la cara—. Y pensé que jamás volvería a ver a aquel atractivo muchacho de ojos grises y acento dulce y meloso.

—Pero cuál sería tu sorpresa al verlo por la tarde, sentado enfrente de ti, en la biblioteca.

—¡Y qué guapo estaba!, con sus gafas y rodeado por un montón de aburridos libros de Derecho.

—Que bonito, abuela.

— He tenido la gran suerte de haber conocido y haber vivido con el gran amor de mi vida. Aunque, ¿tú no te quejarás?

—No, yo también he tenido esa suerte. Lo supe desde la primera vez que lo vi en la clase práctica de Anatomía. Nuestras miradas se cruzaron y fue mágico.

—Que romántico..., dijo Leonor con un tono de voz divertido.

—¡Adriana!, se moriría en aquel lugar y con un fuerte olor a formol. Ella tan romántica. Porque hay que reconocer que era una romántica incurable.

—Sí, romántica. No lo confundas con cursi. Le encantaban las rosas, las margaritas, los tulipanes. La emocionaban los nocturnos de Chopin, las poesías de Bécquer, Pablo Neruda, Antonio Gala. Los paseos a la orilla del mar...

—Creo que esa faceta la heredó de ti, así como el gusto por el arte y su pasión por la pintura.

En el pasillo se oyeron unos pasos. Sergio giró el pomo de la puerta y entró, seguido por Eno[1]l y Xana[2].

—¿Qué hacen estas damas tan bellas?

—Mami, abuela. Tenemos hambre.

---

[1] Es un pequeño lago de montaña del norte de España, localizado en los Picos de Europa, en la cordillera Cantábrica.

[2] Además del origen de las Hadas pertenecientes a las leyendas asturianas, también se podría traducir el nombre de Xana de forma similar a: «La que trae la luz desde Dios».

—¡Uh! ¡Qué tarde es! Lavaos las manos e ir para el comedor.

—Mamá, que ya no soy una niña.

–Perdona Xana, pero eso no significa que descuides tu higiene

—Está preciosa. Ya es toda una mujercita.

—Sí, abuela y con ello se aproxima una etapa nada fácil.

—No sé de qué te quejas. Tenemos unos hijos maravillosos.

—Sergio tiene razón. Y ahora vamos al comer.

---

El otoño, con su misteriosa presencia, se empeñaba en anticiparse al verano. Un verano que se negaba a entrar en escena. A pesar de estar a veintinueve de junio, el tiempo era infernal. Un cielo grisáceo, que iluminaba la ciudad con una blanquecina luz y derramaba con tenacidad un fuerte aguacero que enceraba con su fina mano la ciudad, convirtiéndola en un lugar melancólicamente misterioso. Un caprichoso viendo hacia la vida insoportable a los intrépidos transeúntes que con su presencia se atrevían a desafiarlo.

En una mojada placa de metal salpicada por la lluvia que el viento transportaba se podía leer con claridad: *BUFETE TRINDADE, Y ASOCIADOS*, 6° D

Una joven le abrió la puerta y le pidió que esperara un momento. Pasados unos minutos, un joven elegantemente vestido, salía saludándole con la mano tendida e invitándolo a entrar en el despacho. El despacho decorado en una línea clásica y complementada está con diversos cuadros de paisajes asturianos, tenía una magnífica vista de la Calle Uría.

—Buenas tardes. Enrique Martín, siéntese por favor. Mi secretaria me ha informado que pregunta por el señor Trindade.

—Sí. Así es.

—Me imagino que no sabrá que el señor Trindade falleció hace cinco años.

Gabriel no pudo ocultar la sorpresa que le produjo la noticia.

—No. Lo ignoraba. En realidad yo no lo conocía.

—Entonces, ¿qué es lo que quiere?

—La verdad, es que es complicado de explicar, Gabriel suspiró, he intento explicarse lo más claro posible. Esta dirección la encontré por casualidad en unos papeles que me entregó una señora.

—Sigo sin entender.

—Sí, una señora de unos setenta años, con cabellos blancos.

Enrique comprendió que podía estar hablando de Leonor.

—Por lo que usted me está diciendo, puede que esa dama sea Leonor. La viuda del señor Trindade.

—Necesito verla y hablar con ella.

—Como usted comprenderá, no puedo dar la dirección de la señora Trindade a cualquier desconocido.

—Sí.

—Si le parece, llamaré a casa de Leonor y le haré saber que usted está aquí.

—Perfecto.

Enrique descolgó el teléfono. —Gertrudis, ¿la señora Leonor está en casa? Dígale que la llaman del despacho.

—¡Hola! Buenas tardes, señora. Perdone que la moleste, pero un joven pregunta por usted. Su nombre es Ariel.

Enrique colgó el teléfono con una amplia sonrisa iluminándole la cara.

—La señora Trindade le está esperando.

—Gracias.

—Mi secretaría le facilitará la dirección.

—Nuevamente, gracias y buenas tardes.

—Ha sido un placer. Buenas tardes.

Cuando Gabriel abandonó el despacho, la tarde estaba bastante avanzada. Las primeras farolas comenzaban a encenderse, anunciando con su luz que la noche estaba a punto de sumir la ciudad en un tranquilo sueño.

La lluvia no había cesado. Gabriel miró el plano y comprobó que estaba muy cerca de la casa de Leonor. Con paso ligero cruzó el parque de San Francisco, que en este día tan peculiar tenía un aspecto especialmente misterioso. Casi sin darse cuenta se encontró subiendo las oscuras escaleras del antiguo edificio de la Calle Marqués de Santa Cruz, donde vivía Leonor. Desde el exterior se veía un edificio regio y elegante. Con el encanto de haber pertenecido a otra época.

Una joven de aspecto rollizo y rostro sonrosado le abrió la puerta.

—Buenas tardes. Creo que la señora Leonor me está esperando.

Gertrudis miró de arriba abajo aquel joven de tez morena que contrastaba perfectamente con la camiseta gris que vestía junto a unos gastados vaqueros, zapatillas de deporte y una parka azul marino.

—Espere un momento. —Dejando la puerta entreabierta—. Gabriel oyó como Gertrudis se alejaba. Tras unos minutos, una voz familiar lo invitó a pasar. Leonor, vestida con un pantalón marrón y una amplia chaqueta de lana gris, lo invitaba a entrar. Una sonrisa iluminaba su cara, que sin duda reflejaba la alegría que le producía la presencia de Gabriel.

—¡Hola, hijo! —Dándole un cariñoso abrazo y depositando sus finos labios en la mejilla de Gabriel—. Pasa, estás todo mojado.

Gabriel le devolvió el abrazo besándola dulcemente.

—¡Hola, señora Leonor!

—De señora nada. Leonor.

—Bien, Leonor. Al fin la he encontrado.

—Será porque así tenía que ser, ¿no crees? Pero, vamos para dentro, que hace frío.

Gabriel tomó a Leonor del brazo y se dirigieron al salón. Al entrar pudo ver a una joven que en un primer momento pensó que era *su desconocida.* Junto a ella estaba un hombre de unos treinta y cinco años, muy alto, moreno, con gafas y un grueso bigote. Al fondo y sentados junto al fuego estaban una niña de pelo largo y ojos azules, que tendría aproximadamente unos doce años, y un niño gordito que lo miraba sin ocultar la curiosidad que le producía.

—Entra, querido. Este es un amigo de Adriana.

—Buenas tardes.

—Os voy a presentar. Esta joven que te mira tan sorprendida es mi nieta Flavia. El joven que está a su lado es su marido, y esos dos encantos, señalando a Xana y Enol son sus hijos.

—Encantado. –Dibujando una tímida sonrisa.

—Me hace muy feliz conocerte.

—Gracias.

—Por tu acento deduzco que no eres español.

—Sí, es cierto. Soy mexicano.

—¡Mexicano! Muy típico de Adriana. Que raro. Nunca habló de ti.

Gabriel comprendió que tendría que hacer uso de su inventiva.

—En realidad coincidimos en un curso de verano de la universidad.

—Bien. Te deseo una feliz estancia en España.

—Gracias.

—¿Vienes por trabajo o por estudios?

—En realidad, a descansar. Y he decidido pasar a saludar a Adriana.

—Veo que hace mucho que no sabes de Adriana.

—Pues sí.

—Entonces, no sabes que Adriana murió hace ocho meses.

Gabriel sintió un tremendo escalofrío por todo el cuerpo.

—No. No es posible.

—Perdona. Lamento haber sido tan brusca.

Leonor lo tomó del brazo y lo llevó hasta un sillón.

—Perdónala. Pero Flavia no se caracterizaba precisamente por su tacto para decir las cosas.

—¿Estás bien? —Era Sergio tomándole la mano para comprobar su pulso.

—Sí, sí. Estoy bien. Gracias. Creo que lo mejor será que me vaya.

—Ni hablar, te quedarás esta noche aquí.

—Sí. La abuela tiene razón. Ella te lo agradecería. Por cierto, ¿cómo te llamas?

—Gabriel Ortega.

—Como el escritor. —Bromeó Flavia—. Con ese nombre te llevarás de maravilla con la abuela. Es una enamorada de la literatura. —Mientras, Leonor salía del salón para ordenar a Gertrudis que preparara la habitación de invitados.

# Nueve. Cudillero

Leonor, estaba ojeando el periódico, mientras llegaba Gabriel. El desayuno ya estaba listo y Gertrudis había ido a avisarlo.

—Buenos días. ¿Qué tal has dormido?

—Muy bien, gracias. ¿Y usted?

—Bien, hijo. Siéntate. Vamos a desayunar. Se me olvidaba. Esta mañana temprano ha llamado Flavia, te espera en la cafetería de la Facultad de Medicina para comer juntos.

—¿Le sirvo café?

—Sí, gracias. Gertrudis puedes ir a la compra.

—Bien.

—Me imagino, mi querido Ariel, que tendrás preguntas qué hacerme.

—Ariel, no, Gabriel.

—De acuerdo, ¿qué quieres saber?

—Preferiría que usted me contara lo que considere oportuno.

Leonor se acomodó en la silla y comenzó. No sé por dónde empezar. Empezaré hablando de Paulo. Como pudiste comprobar, mi esposo era brasileño. Lo conocí aquí, en Oviedo, en la universidad, ya que cursó sus estudios aquí. Nos casamos y tuvimos una hija, la madre de Flavia y Adriana. Los años pasaron, pero un fatídico día los padres de Adriana murieron en un accidente aéreo. Adriana tenía dos años y Flavia nueve. Nosotros las criamos y más que nuestras nietas pasaron a ser nuestras hijas. Pero años más tarde el Destino me tenía guardado un doble sufrimiento. Primero, la muerte de Paulo de un infarto, y cinco años más tarde la de Adriana. Preferiría no hablar de Adriana, ni te voy a preguntar lo que contenía lo que te entregué en Los Ángeles.

—En primer lugar, quiero disculparme por la conducta tan incorrecta de mis guardaespaldas.

—Tú no tienes la culpa.

—Se preguntará, ¿por qué estoy aquí? Necesitaba un cambio. Y Adriana me hizo comprenderlo.

—Sí, todo el mundo necesita alejarse durante un tiempo de lo que hace. Aunque tú, no te quejarás. Tu carrera es laudable.

—Yo no estoy tan seguro de ello. Por primera vez me he planteado, si merece la pena lo que hago.

—No sé, querido Gabriel. Yo no puedo opinar.— Regalándole una amplia y franca sonrisa.

—Me quedé muy sorprendido al enterarme de la muerte de Adriana. En algún momento, en su carta, declaraba que tenía una enfermedad mortal. Pero nunca me imaginé que estuviese muerta. ¿Cuándo fue en mi busca, ya había fallecido?

—Sí.

—Me hubiese encantado conocerla.

—Mi niña, era todo un carácter. Cuando se enteró de su enfermedad no perdió en ningún momento la integridad y la capacidad de decisión.

—¿Qué enfermedad tenía?

Leonor suspiró y con voz apagada contestó.

—Leucemia. Decidió no someterse al tratamiento de quimioterapia. Decía que quería vivir los últimos meses lúcida, y sin sufrir los devastadores efectos del tratamiento. Los últimos meses los pasó en la casa de Cudillero.

—¿Cudillero?

—Cudillero es un pueblo de pescadores precioso, situado cerca de Avilés. Cuando las niñas eran pequeñas, íbamos de vacaciones allí. A Paulo le fascinó el lugar nada más verlo.

—¿Qué tienen allí familiares?

—No. Una vieja casa en el barrio de la Ribera.

Una casa que Adriana decoró a su manera, y que es un claro reflejo de ella. Una casa situada en la parte más pintoresca de Cudillero y desde la cual se puede ver el mar.

—Antes de irme, ¿podría visitar la casa?

—¡Por supuesto! Te voy a dar las llaves, y si te gusta puedes quedarte en ella todo el tiempo que quieras.

—¿De verdad?

—Sí. La casa está cerrada y le vendrá bien alguien que la habite.

Unas voces que llegaban del exterior lo sacaron del tranquilo y profundo sueño de la noche. Hacía tiempo que no dormía tan bien. Saltó de la cama y se asomó a la ventana, recibiendo el saludo alegre del sol. Su mirada buscó entre el pintoresco paisaje de casas y escaleras de piedra que servían de acceso a las casas colgadas. Miró hacia la plaza y se deleitó con el ir y venir de la gente. Pero las voces continuaban, Gabriel abrió la ventana y se encontró con dos mujeres de edad mediana, que parecían mantener una amistosa conversación, elevando el timbre de sus voces. Se apoyó discretamente en el alféizar de la ventana e intentó comprender lo que estaban diciendo.

—¿Qué ti pasóu, Manulina?

—Pos mira, pa que lu sepas, Antona, ya esa fía de Valiantí, porqui dixi qui el sou mozu iba con otra rapaza. Descalzóusi una madreña y arimóumi, qui poum más quiedu tuerta.

—¡Ya ven aia, pavarón! ¿Non arriasti una morrada?

—¿El quei? Tireime al pisamasu, esgaroluñella na cara. No eu conoz nin su ma.

—Pos ahora el mozu ha dexalla.

—Si la dexa, que la deixe.

Gabriel siguió la conversación entre asombrado y divertido. Asombrado por el elevado tono de sus voces y divertido por el singular lenguaje que estaban utilizando y que le era prácticamente incomprensible. Sintió que su cuerpo inerte se negaba a separarse de la ventana hasta no saber de qué iba la conversación de aquellas dos mujeres, que también la escenificaban con gestos. Pasados unos minutos comprendió, gracias a su mímica, que la mujer de la derecha (Antona) contaba a la de la izquierda (Manulina) lo que le había pasado con la hija de un tal Vialantí, por culpa del novio de la hija de este señor.

Gabriel, después de enterarse, a medias, de la conversación de las dos mujeres, cerró la ventana y miró la habitación desordenada, con todo su equipaje tirado por el suelo. La primera impresión que le produjo esta visión, fue de paz, serenidad, tranquilidad y libertad. Libertad, hoy se sentía libre, tan libre que no sabía qué hacer. Libre de guardaespaldas, de productores, de toda la gente que estaba a su alrededor o, mejor dicho, alrededor de Ariel. En medio de todo aquel desorden, comprendió que ese día estaba abriendo una nueva etapa de su vida. Bajó las escaleras. El vestíbulo estaba agradablemente iluminado por una blanquísima luz que se filtraba por los cristales de la puerta, desde el exterior. El vestíbulo estaba decorado con varios cuadros pintados al óleo. Sin duda algunos pintados por Adriana. En un extremo, se encontraba un perchero de madera de estilo provenzal y justo al otro lado del vestíbulo un original paragüero. Nada más salir del vestíbulo se encontraba un amplio salón, con amplias cristaleras y desde el cual se podía ver el mar. Los muebles eran de estilo provenzal y en medio del salón se encontraba instalada una antigua estufa de leña. La decoración era sencilla, pero cuidando los más pequeños detalles.

Desde el salón se accedía a la cocina. Una cocina amplia y amueblada con un consistente banco y mesa de castaño. En un extremo se encontraba una hermosa alacena. Desde la cocina se pasaba a un pequeño cuarto en el que se encontraba la lavadora y la tabla de planchar.

Gabriel volvió sobre sus pasos y miró lo último del piso de abajo, la habitación de invitados y un pequeño cuarto de baño. Subió de nuevo las escaleras. En el piso de arriba había dos habitaciones y otro cuarto de baño. Una habitación era la que él había ocupado. La otra pensó que sería la de Adriana, pero se equivocó, cerca del cuarto de baño descubrió unas pequeñas escaleras de caracol que la noche anterior no había visto. La curiosidad lo empujó y se encontró en la habitación de Adriana. Sin duda alguna era la más hermosa de la casa. Por su lugar recogido, recordó que ella lo mencionaba en su larga carta. Era espaciosa. En un extremo se encontraba una amplia cama de castaño y una mesa camilla vestida con los mismos tonos del edredón. El resto de la habitación estaba ocupado por un sofá, una amplia mesa sembrada de papeles, una gran estantería con libros y al fondo un caballete y una pequeña mesa con todos los utensilios necesarios para pintar. Desde la ventana se podía disfrutar de una magnífica vista de Cudillero, y como no, del mar. Del bravo mar Cantábrico.

La casa le había cautivado desde el primer momento. Toda ella le producía tranquilidad y serenidad. Era una casa coqueta y acogedora, en la que no existían grandes lujos, pero contenía el encanto de la sencillez y la naturalidad.

Una casa en la que se podían apreciar pequeños detalles y que le daban un encanto muy personal y especial. Sin duda alguna, a Adriana le encantaban las flores y eso se podía apreciar en los numerosos centros y floreros que existían en la casa.

Llevaba más de quince minutos caminando por aquel laberinto de casas, escaleras de piedra y callejuelas sin salida. Gabriel descubrió con agrado que en lo más profundo de su persona aún conservaba la capacidad de asombro de un niño. El asombro que le producía aquel singular, pero hermoso lugar, con las casas colgadas en la montaña, las escaleras de piedra, los balcones adornados con ropa que contribuían a dar colorido y personalidad al paisaje y en alguno de ellos, compartiendo protagonismo con la blanquísima colada, una especie de peces, que Gabriel no entendía por qué los colgaban a secar como si fueran una prenda más de la colada. Miró distraídamente el reloj y comprobó que la tarde estaba llegando a su fin y que si no lograba salir de este laberinto se le haría de noche para ir al cementerio. Al pasar delante de un balcón, adornado con innumerables geranios, vio a una señora que lo observaba y decidió pedirle ayuda.

Gabriel vio a una señora de unos sesenta y cinco años, con una piel extremadamente morena y curtida por el sol y el mar, que lo miraba de arriba abajo con unos ojos expectantes y llenos de curiosidad, y decidió pedirle ayuda.

—Sí, ¿llamábasmi?

—Sí señora. Quiero ir al cementerio, pero temo que me he perdido.

—Claro, bou mozu, tas en la calle *Salsipuedes.* Has atendemi, sube todas esas escaleras e allí está lo que buscas.

—Gracias, señora.

—De nada, bou mozu.

Gabriel siguió las instrucciones que le acababan de dar, mientras en su rostro se dibujaba una enorme sonrisa. Calle Salsipuedes, como para encontrar la salida. Aquellas escaleras se hacían interminables y cada vez eran más estrechas y sinuosas, pero toda la incomodidad del camino la compensaba la belleza del paisaje. Un paisaje pintado en azul y verde, el azul del cielo y del mar, un azul del mar adornado con el blanco de las olas que producían la bravura del Cantábrico.

Un paisaje pintado en azul y verde, no un verde, sino una gama infinita de verdes. El verde de las montañas, de los prados, de los árboles, un verde salpicado por coquetas, tímidas y sencillas flores silvestres y en toda aquella expresión de colorido, Cudillero surgía altivo y orgulloso entre tanta belleza natural.

En todo el recorrido, Gabriel no se había planteado ninguna cuestión, simplemente se había limitado a dejar su mente en blanco y empaparse de todo lo que lo rodeaba. Era ahora, cuando advirtió que estaba llegando a su destino. Cuando sintió que un cosquilleo le recorrió el cuerpo. Se encontraba en un sitio maravilloso y de singular belleza por las confidencias de una desconocida que conocía rasgos de su personalidad que él mismo desconocía.

Casi sin darse cuenta se encontró en la puerta del cementerio. Dubitativo, entró y no supo qué buscar. Leonor no había sido muy explícita, simplemente se había limitado a decir que enterraron sus restos en Cudillero. Gabriel sacó en conclusión que entonces debía buscar una tumba en la que figurara el nombre de *Adriana Valdés*. Lo intentó con varias tumbas, pero sin éxito. El lugar lo estaba empezando a poner nervioso, decidió dirigirse a un grupo de mujeres que estaban arreglando una tumba. Estas, muy amablemente, le indicaron que era la última, la que se encontraba cerca de unos castaños, que se veían al fondo. Con paso ligero se dirigió hacia la tumba de Adriana, pero no encontró nada que se le pareciera. Cerca de los castaños, no había nada, sin duda alguna no lo habían entendido. Gabriel estaba dispuesto a rendirse cuando divisó un arbusto, que no acertaba a distinguir. La curiosidad hizo que se acercara y así fue como encontró la tumba de Adriana. El arbusto que había divisado era un rosal, con multitud de capullos rojos. En la tierra pudo ver una placa.

# Diez. Adriana

«Adriana, mi querida Adriana, en tu empeño de que disfrute de las pequeñas cosas de la vida has conseguido que me decida a cocinar». Gabriel oyó que alguien llamaba a la puerta, y abandonó su pequeño monólogo abriendo la puerta con decisión.

—¿Qué faes mio neño?

Gabriel quedó muy sorprendido al encontrarse con aquella mujer que le era familiar y a la cual no entendía muy bien.

—Perdón, señora. No la entiendo.

—He visto que la casa está habitada y he venido a saludar a la señora Leonor.

—Leonor no está. Estoy yo solo.

Elvira miró a Gabriel con curiosidad y extremo descaro, de arriba abajo.

—¡Ah!

—Yo soy un amigo de Adriana. Pero pase.

Gabriel siguió a Elvira, que entró y se dirigió al salón.

—Me alegra que la casa esté habitada de nuevo. Yo conocía a Adriana desde pequeña. A Adriana y a toda la familia.

—Siéntese, por favor, ¿le apetece tomar algo?

—Non mio neño. ¿y qué estás solo?

—Sí. He llegado hace poco y estoy disfrutando de este bello pueblo. —Gabriel se preguntaba quién era aquella mujer que lo estaba sometiendo a un interrogatorio.

—Te preguntarás quién soy, ¿verdad?

—Pues sí.

—Como te dixi, yo conocía a Adriana, pero además soy hermana de Manuel. El vecino de enfrente.

—Aún no he tenido tiempo de conocer a mis vecinos.

—Pues sí. Los vecinos de enfrente son mi hermano y mi cuñada. Ellos estuvieron muy cerca de Adriana en los últimos meses que estuvo aquí.

Gabriel miró con discreción el reloj.

—¿Tienes prisa?

—Estaba a punto de salir de compras. Tengo la

despensa vacía y la intención de aprender a cocinar.

—¿El quei? –Muy extrañada.

—Cocinar. Tengo que comer, ¿no?

—Ya ven acá, pavoron. Yo puedo venir, et facer las cosas de la casa.

Gabriel miró a aquella señora, que no hablaba, gritaba, y gesticulaba de una manera exagerada.

—Creo que no es una buena idea. Quiero aprender a cocinar y disfrutar de ello.

Elvira clavó sus negros y brillantes ojos en Gabriel.

—Pos mira, vamos. Van a cerrarte. —Levantándose y emprendiendo la marcha hacia la salida, seguida por Gabriel.

El cielo estaba nublado, pero esto no impedía que el sol descargará todo su calor. Era cerca de la una cuando Gabriel, cargado de bolsas, trepaba por las innumerables escaleras que conducían a la casa de Adriana.

Justo cuando estaba a punto de entrar, oyó una afable voz que lo saludaba.

—¡Hola!

Gabriel vio a una señora de unos sesenta años,

vestida de forma informal, que lo saludaba y le tendía la mano.

—¡Hola!, señora.

—Encantada de conocerte. Soy Matilde Marqués, la vecina de enfrente.

—El gusto es mío, señora —estrechándole la mano.

—He visto que la casa está habitada y he decidido venir a presentarme.

—Sí. Hace un rato, una señora me habló de usted.

—Sí, mi cuñada. Es una excelente mujer, aunque un poco brusca, para quien no la conozca. Es la típica mujer pixueta.

—¿La típica mujer pixueta?

—Sí. Tú no eres español, ¿verdad?

–No. Mi acento me delata. Soy mexicano y es la primera vez que vengo a Cudillero.

—Creo que será una experiencia que te gustará.

—¿Le apetece tomar algo? —Invitándola a entrar.

—No, en realidad yo venía a invitarte a comer. A mi marido le encantará conocerte.

—Perdone mi mala educación, no me he

presentado. Gabriel Ortega. Soy un amigo de Adriana.

—Bien, Gabriel. Te ayudo a entrar la compra en casa y nos vamos.

—De acuerdo. Le agradezco la invitación. Ya que no tengo ni idea de cocina.

—Y, ¿cómo piensas solucionarlo?

—Aprendiendo a cocinar.

—Eso me parece fantástico. —Lanzándole una rápida y divertida mirada.

La casa de Matilde se encontraba enfrente de la de Adriana. Tenía una hermosa y amplia terraza desde la cual se podía divisar la Plaza de la Marina y el Muelle nuevo. En un extremo vio a un hombre alto, de complexión fuerte y cabellos blancos que observaba el paisaje.

—Manuel. Tenemos invitado.

Manuel se volvió y se dirigió hacia el lugar donde estaban Gabriel y Matilde.

—Mira. Este es un amigo de Adriana y nuestro nuevo vecino.

—Encantado de conocerte. —Tendiéndole la mano.

Gabriel le estrechó la mano y comprobó que tenía un rostro diáfano y afable y que una amplia sonrisa le iluminaba su moreno rostro.

—Encantado.

—¿Cómo te llamas?

—Gabriel.

—Estoy feliz de conocerte. Nosotros queríamos mucho a Adriana. Matilde, ¿cuánto falta para comer?

—Aproximadamente una hora.

—Vamos a tomar un aperitivo, ¿está de acuerdo?

—Sí, mi amor. Pero a las dos y media aquí. — Dándole un beso a su esposo.

Los dos bajaron las sinuosas escaleras hablando amigablemente. La Plaza de la Marina estaba tranquila a pesar de la algarabía que los pescadores producían con su conversación. Se sentaron en una de las innumerables terrazas que adornaban la plaza, dándole más colorido a esta.

—¡Hola!, Antón. Tráenos unas parrochinas y una botella de sidra.

Gabriel recreó su vista por la plaza y las casas colgadas en la montaña. Se dejó envolver por la algarabía y el suave murmullo del mar. Aspiró profundamente el salitre del mar y contempló con tranquilidad el idílico paisaje. Su rostro delataba una gran alegría. La alegría que sentía en su interior. Una alegría producida por la sensación de sentirse libre. Por primera vez en su vida, estaba experimentando esa sensación. Por primera vez, era él mismo, era dueño de sus actos. Por primera vez, se había quitado la máscara de Ariel, para ser él mismo, «¡qué maravillosa es la libertad!», pensó.

Y todo se lo debo a Adriana. Una persona de la que no sé nada, solo conozco su nombre, pero ignoro su físico. Ignoro de qué color eran sus ojos, qué expresión tenía, cómo era su sonrisa. Pero lo que sí sé, es que era una persona especial. Al menos para mí. Una persona que me enseñó, que siendo dos desconocidos hablábamos el mismo lenguaje y lo más importante, me enseñó que yo tenía corazón. Pero me gustaría estudiar tu mirada, recrearme en tu sonrisa. Creo que es imposible, todo el mundo cree que te conozco y la única cómplice es Leonor. No está dispuesta a cooperar. Aún el dolor es muy fuerte. Gabriel vio cómo Manuel se acercaba. Había ido a saludar a unos conocidos de la mesa de enfrente.

—Perdona que me ausentara. He ido a saludar a mi cuñado.

—Hoy, estuvo en casa una señora que me dijo que era su hermana.

—Elvira. Es la única que tengo ¿Qué quería?

—Saludar a Leonor.

—Ella conoce a Leonor y a toda la familia desde hace muchos años. Quería mucho a Adriana. En los últimos meses, iba a hacerle la comida y las labores de la casa.

—Ahora entiendo. Me comentó que ella podía ocuparse de la casa. Y quedó, yo diría que asustada, cuando le dije que pensaba aprender a cocinar, a juzgar por la expresión de su cara.

Manuel, que seguía el relato de Gabriel con sumo interés, soltó una sonora carcajada.

—Me imagino su cara. Si quieres Matilde puede ayudarte.

—De momento creo que no. Adriana tiene varios libros de cocina.

—Adriana, su timbre de voz se volvió solemne y triste, ¿Cuándo la conociste?

—En realidad nuestra relación fue corta y superficial. La conocí en un curso de verano de la universidad. —Gabriel se sentía culpable de mentir, pero mejor así.

—Tú no eres español, ¿verdad?

—No. Soy mexicano.

—México, ¡qué país más lindo!

—¿Lo conoce?

—Sí. He vivido allí varios años. En Ciudad de México, Acapulco y Veracruz ¿De dónde eres tú?

—De Veracruz. Pero hace años que vivo fuera del país.

—Yo soy natural de Cudillero. Pero de muy joven me marché. Ahora que mi trabajo me lo permite, he vuelto a mis raíces.

—Espero que no lo tome como una indiscreción. ¿A qué se dedica?

—Soy escultor. Al menos eso dicen —esbozando una leve sonrisa, —¿tú?

—Yo, soy profesor de música y debido a ello vivo en Los Ángeles.

—También he estado allí. Yo, que he viajado bastante, puedo decirte que no hay nada como volver a tus raíces y disfrutar de las cosas cotidianas.

—Me gustaría muchísimo ver alguna exposición suya.

—¿De verdad?, ahora estoy trabajando en una nueva colección. Estaré encantado de conocer tu opinión. Adriana era una excelente crítica, creo que era debido al profundo respeto y amor que sentía por el arte. Y hablando de Adriana, en casa tengo un busto que le hice antes de ponerse enferma. Quiero que me des tu opinión.

—Estaré encantado.

—¿Conocías Cudillero?

—No. Pero me parece un sitio encantador.

—Te gusta pescar.

—No lo sé. Nunca lo he hecho.

—Mi cuñado me ha invitado un día de estos a ir con ellos en la lancha. ¿Te gustaría acompañarme?

—Sí. ¿Y qué pescan?

—Sobre todo merluza. Merluza del Pincho.

–¿Del pincho?, ¿y eso qué es?

Manuel miró con cariño a aquel muchacho de complexión atlética y piel morena, sonrió y le dio una palmada en la espalda invitándole a levantarse.

—En la lancha te lo explicaré. Será divertido y una enriquecedora experiencia.

Sin duda alguna Manuel era un magnífico escultor. Por fin, conocía los rasgos de Adriana. Su cara delgada y ovalada, sus ojos grandes y almendrados, sus labios carnosos y sensuales. Gracias a Manuel podía verle el rostro a Adriana. Pero no era suficiente, la escultura no reflejaba la expresión, ni el brillo de sus ojos, la escultura no reflejaba el color de su pelo, ni su suavidad, la escultura no expresaba su alma.

Gabriel sintió que una gran curiosidad se iba apoderando de él. Necesitaba poner una cara y un cuerpo a Adriana, de la que desconocía tantas cosas y que, sin embargo, le estaba enseñando cosas de la vida que nunca se había imaginado conocer. Sintió que necesitaba conocer cosas de Adriana tan simples, como el sonido de su sonrisa, el timbre de su voz, su manera de gesticular, el lenguaje de sus ojos. Notaba que en su interior se estaba fraguando la necesidad de compartir cosas con ella. Pequeñas cosas de la vida como una amigable charla mirando el indomable mar Cantábrico; experimentar en los fogones la última receta de cocina que había llegado a sus manos. Gabriel miró el paseo del Muelle nuevo, las lanchas mecidas por el mar. Se dejó envolver por el bullicio que salía de la cantina de la Rula y por aquel maravilloso anochecer. La brisa marina acarició con suavidad su cuerpo y recordó a Icía. ¿Qué sentía por Icía?, ¿amor? No. Ahora estaba seguro de que no era amor y también estaba seguro de que nunca había experimentado esa sensación. Quizás lo que sentía por Icía era una fuerte atracción física traducida en una fuerte pasión. Nunca había compartido con ella nada más que su cuerpo. En realidad, no la conocía en absoluto, desconocía facetas de su carácter tan elementales como si era rebelde, romántica, solidaria... Icía, no tenía otras prioridades en la vida distintas a la consecución de su éxito. Icía amaba a Ariel, porque era él, quien podía ayudarla a conseguir lo que buscaba. Nunca habían compartido pequeños placeres como asistir al despertar de las flores o ver como la lluvia con su presencia llena todo de vida. Pequeños placeres como perderse entre la gente en unos grandes almacenes, disfrutar de un romántico paseo a la luz de la luna por una playa desierta. Gabriel se preguntó qué le estaba pasando. En su interior sentía cosas que nunca había sentido y que ignoraba que fuera capaz de sentir. Por primera vez en su vida se sentía libre de todos y de todo. Se sentía liberado de Ariel. La gente lo trataba con naturalidad. Por fin estaba experimentando la sensación de ser él mismo. Recordó a Manuel y

Matilde. con el cariño y familiaridad que lo habían acogido. Recordó a Leonor y Flavia, a Sergio, a Xana y Enol. Recordó la alegría de Leonor al verlo, y el recelo de Flavia en un primer momento para convertirse después en una amistad. Recordó a Elvira y la naturalidad con la que lo había tratado. Sus labios esbozaron una sonrisa al recordar el timbre tan elevado de su voz y aquel acento tan característico de Cudillero.

Pero el deseo de conocer a Adriana seguía ahí y cobrando fuerza. Con tristeza comprobó que era imposible porque Adriana estaba muerta y sintió la misma impotencia que Adriana había vivido durante los largos años que lo amó.

# Once. Un día de Pesca

El día empezaba a despertarse. Una tímida luz amarillenta, que salía de una vieja farola, alumbraba la callejuela presintiendo que su tímida luz iba a ser devorada por la luz del nuevo día. Se oyó abrir y cerrar una puerta. Una sombra empezó a caminar, miró por la ventana y comprobó que Manuel venía en su busca. Las estrellas comenzaban a apagarse en el cielo, una fría ráfaga de viento los besó con brusquedad mientras descendían por el laberinto de callejuelas y escaleras. Al llegar al muelle, los recibió el alegre vocerío de los pescadores y un fuerte olor a salitre mezclado con algas. Gabriel miró ensimismado el ir y venir de los pescadores, la energía con que cargaban todo lo necesario para un día de faena, el afán que ponían en su trabajo y todo ello adornado por el griterío de sus voces fundiéndose con el Cantábrico.

Oyó pronunciar su nombre, en medio de aquel bullicio y a un hombre hacerle señas, le indicaba que la lancha iba a zarpar. Saltó y sintió crujir la madera de la lancha bajo sus pies y cómo esta empezaba a moverse. Un joven que tendría aproximadamente su edad le ayudó a acomodarse en la lancha.

—¿Qué tal, compañero?

Gabriel miró con simpatía a aquel muchacho robusto, de pelo oscuro y ojos azules, que lo saludaba de forma tan amable y con el característico acento de Cudillero.

—Bueno, un poco perdido. Para mí todo esto es nuevo.

—Verás que no tiene ciencia, ye muy fácil.

A la conversación se unió Manuel.

—Veo que ya os conocéis. Este es mi sobrino Juan.

—Encantado Juan.—Tendiéndole la mano —me llamo Gabriel.

—Lo mismo digo, y aquel que está al timón es el patrón de la lancha, Pedro. Y el que está preparando los aparejos, Tarsicio.

—Encantado de conocerlos.

—Bien, hechas las presentaciones, a trabajar.

—Y, ¿qué hay que hacer?

—No te preocupes. Yo te enseñaré. Antes de dedicarme a lo que me dedico, fui pescador, y para mí esto es revivir un pasado que pertenece a una juventud que ya no volverá.

—Vamos a poner el cebo en los anzuelos. —Indicó Juan tomándolo por el brazo y dirigiéndose donde estaba Tarsicio enfrascado en su faena.

Gabriel miró los anzuelos con el asombro que un niño puede mirar aquello que se presenta ante sus ojos como algo nuevo, y que produce suma curiosidad.

—Sí, ¿pero ¿qué tengo que hacer?

—Simplemente, es coger el anzuelo y clavar el cebo.

Gabriel clavó el cebo en el anzuelo. Sintió en sus manos aquello pegajoso y blando que espachurraba en sus dedos y le dejaba un fuerte olor a pescado.

—Bien, muy bien. —Gritó Juan, que siguió con gran atención como Gabriel llevaba a la práctica su explicación.

Gabriel se miró sus fuertes manos sucias,

llenas de escamas y se sintió feliz. Feliz por tener la oportunidad de hacer algo que antes nunca había hecho. Se sintió feliz por las alabanzas sinceras de Juan y casi sin darse cuenta el día desterró por completo a la noche. Un día que anunciaba ser espléndido, lleno de luz y color.

La lancha siguió su curso normal, surcando el camino habitual que seguía todos los días para unirse a sus compañeras. Un cielo de un azul intenso que cegaba la mirada anunciaba que había amanecido, reflejándose en el mar, convirtiendo a este en un maravilloso espejo azul. En medio de aquel gigantesco espejo azul, Gabriel respiró profundamente, levantó la vista del último anzuelo, quedando embelesado con lo que sus ojos vieron. Multitud de lanchas de vivos colores faenando, el mar besándolas y meciéndolas con mimo, los pescadores enfrascados en su faena, el cielo reflejándose en el mar. Manuel abandonó a Tarsicio y a Pedro, y se acercó a Gabriel, que estaba tirando los anzuelos al mar, según le había indicado Juan.

—Veo que ya conoces el oficio. —Dándole una cariñosa palmada en el hombro.

Gabriel miró a Manuel regalándole una dulce sonrisa.

—Es muy entretenido.

—Me alegro de que lo pases bien. —Mirando el mar—. Verdad que es precioso, el mar, las lanchas, el cielo.

—¿Es aquí donde pescan?

—Sí. Este es uno de los caladeros pixuetos.

—¿Pixuetos? —Arrugando la frente y con cara de extrañeza.

—Sí. —Sonrió Manuel por el gesto de Gabriel—, aquí vienen a pescar la merluza, las lanchas de Cudillero.

—Pero, ¿qué quiere decir pixueto?

—Pues, exactamente no sé de dónde viene este nombre. La explicación que mi abuelo me dio fue que este nombre venía de la abundancia en nuestras costas del pixín, un pez que es muy feo, parece un sapo. Y de pixín, pixuetín.

—Sí, muy interesante. En estos días estoy aprendiendo y viviendo cosas que jamás imaginé.

—Pues no te pierdas la pesca de la merluza del pincho.

—Me llama poderosamente la atención lo de la merluza del pincho.

—¿Te has fijado en los anzuelos?

—Sí.

—Te has dado cuenta de que es un pincho. En él se pone el cebo y se ponen alrededor de la lancha, la merluza al ir a comer queda enganchada en él y va perdiendo la sangre poco a poco. La merluza no es maltratada y su carne queda jugosa y perfecta a diferencia de las que son de arrastre.

—¿Y eso qué es?

Manuel soltó una sonora carcajada. Y continuó con la explicación.

—De arrastre es la pesca que ha sido pescada con red.

El día transcurrió con normalidad para todos, excepto para Gabriel. Cada segundo, cada minuto, era una experiencia única e irrepetible, se sentía feliz y libre, libre como nunca antes se había sentido. Comprendió que estaba empezando a aprender algo muy importante. Que lo único que importa es el presente, el hoy, vivir el presente con toda la intensidad que se pueda. Sintió que estaba comenzando a aprender que cada momento es irrepetible y que incluso de las malas experiencias se aprende algo.

En medio del mar, y rodeado por desconocidos, por gente cordial y amistosa, se sentía acompañado. Cosa que en raras ocasiones había sentido siendo Ariel.

De pronto pensó en Adriana y deseó que ella estuviera allí, para compartir con ella todo lo que sentía, para mirarse en sus ojos, para unir sus risas. Sintió que una gran tristeza, se estaba apoderando de él. Un velo de melancolía empañó su mirada. Adriana no estaba y jamás estaría. Con tristeza miró a Cudillero, que aparecía ante sus ojos orgullosos, haciéndose un sitio en la angosta montaña.

Con el pelo alborotado, la ropa manchada, y con algún que otro pinchazo por los anzuelos, perdió su mirada en el mar.

# Doce. Un día de lluvia

Gabriel cascó los huevos en una fuente y los mezcló con la leche. Enchufó la batidora y comenzó a batirlo, cuando consideró que estaba bien mezclado echó una ojeada a la libreta en donde Adriana tenía apuntada la receta, «bien, ahora tengo que añadir azúcar y el aceite». Tomó de nuevo la batidora y continuó mezclando la masa, cuando estuvo bien mezclado, agregó la harina poco a poco sin parar de batir y el sobre de levadura. Miró la masa con satisfacción, y la echó en un molde con mantequilla para cocinarlo en el horno precalentado.

Hacía más de dos meses que estaba en Cudillero y cuantas cosas habían pasado. En todo este tiempo comprendió que la vida está llena de pequeñas cosas que merecen ser vividas y en su caso, descubiertas. En este tiempo había dejado de ser un hombre de papel para convertirse en un ser humano, para dar vida a Gabriel, que había sido devorado por Ariel. Descubrió la capacidad de asombro que tenía escondida en un rincón de su alma. En este tiempo había aprendido a disfrutar del encanto de los días grises y húmedos. De los días en los que el cielo gris derramaba sobre la tierra asturiana sus finas lágrimas para darle viveza y color al verde de sus prados, montañas, valles...

Un agradable olor impregnaba la casa, señal de que el bizcocho estaba a punto. Se dirigió a la cocina y con satisfacción y orgullo miró el humeante bizcocho, mientras lo colocaba en una rejilla para que terminara de enfriarse. Acto seguido subió las escaleras que conducían a la habitación de Adriana. Gabriel entró con timidez. Deseaba saber cosas de ella y la única forma que tenía de lograrlo era hurgando en su pasado. Necesitaba saber cómo era, conocer el color de sus ojos, la expresión de su cara, el color de su pelo. Contempló la habitación con ojos perdidos, pero a la vez expectantes. Miró su cama, vestida con edredón en tonos marrones y amarillos, la mesa camilla, que hacía la función de mesita, los innumerables joyeros que la adornaban y la original lámpara que ocupaba gran parte de la mesa.

Gabriel con delicadeza miró los joyeros, encontrándose con un sin fin de sortijas, pendientes, pulseras, gargantillas... Con cuidado cogió las sortijas y se sentó en la mecedora, las miró con curiosidad y una sonrisa se dibujó en sus labios. Por fin tenía algo entre sus manos que había pertenecido a Adriana. Miró las sortijas y las acarició. Unas sortijas de plata, de diseño informal que delataban los delgados y delicados dedos de su dueña. Sostuvo las sortijas entre sus manos, e intentó hacerse una idea de cómo era Adriana, miró los cuadros que adornaban la habitación, unos cuadros de formas vagas y poco dibujadas, pero que estaban llenos de luz y color. Gabriel se levantó de la mecedora y se acercó a ellos, pudiendo comprobar que estaban firmados por Adriana.

Cada vez aumentaba más la curiosidad en él, una imperiosa necesidad lo empujaba a descubrir su intento. Cruzó la habitación y comenzó a ojear los numerosos libros que formaban su biblioteca. Echó una rápida ojeada a la abarrotada estantería, encontrándose con una magnífica colección de libros de arte, biografías, perfectamente encuadernadas de los genios del Impresionismo, libros de medicina natural, obras clásicas e indispensables en una biblioteca, de autores españoles y extranjeros, libros de budismo y meditación. Todo ello sin olvidar a los autores contemporáneos españoles y extranjeros como Antonio Gala, de quien tenía varios libros; García

Márquez, Pablo Neruda...

Gabriel siguió su expedición con la esperanza de tener más datos sobre la persona que le había hecho cuestionarse cosas que antes nunca se había planteado. Miró el caballete, los pinceles y algún que otro lienzo sin pintar. La habitación llegaba a su fin y la conclusión que Gabriel sacó fue que Adriana era romántica, una gran amante de la cultura, amaba profundamente los libros y los respetaba, prueba de ello era el buen estado en que éstos se encontraban. Paseó su mirada por la habitación. Aquel lugar inspiraba tranquilidad, era un lugar lleno de luz y armonía, en el que se podía apreciar el gusto de Adriana. Una persona que sabía lo que quería. Gabriel pasó con dulzura su fuerte mano por los libros, descubriendo un porta-rretratos con fotos de Xana y Enol, sus labios dibujaron una leve sonrisa, recordando los días que había vivido en Cudillero con ellos. Unos días llenos de experiencias nuevas, en los que la rutina y la monotonía habían desaparecido, para dar paso al júbilo de vivir cosas nuevas y gratificantes para el alma. Recordó que, gracias a ellos, había recuperado un trocito de la niñez de la que nunca pudo disfrutar. Junto a Enol, un niño alegre y simpático de ocho años, había descubierto la capacidad de asombro y la capacidad de disfrutar cada momento al máximo. Recordó lo maravillosa que es la infancia. Aprendió pequeñas cosas tan insignificantes como utilizar la batidora, disfrutó del placer de prepararse unos exquisitos frixuelos y todo gracias a Enol, y lo goloso que era.

Xana, una hermosa mujercita de catorce años, le recordó esa etapa confusa y de la cual él tampoco pudo disfrutar. Xana tan bella como la diosa de las aguas y los ríos, le enseñó el significado de palabras como ternura, comprensión, paciencia y rebeldía, la rebeldía que caracterizaba a los adolescentes en su búsqueda de formar su carácter y personalidad.

Gabriel dejó las fotos en el mismo sitio donde las había encontrado. Su mano tropezó con un grueso libro marrón que cayó al suelo y quedó abierto por la mitad, con pasividad lo recogió del suelo, después lo colocó con los demás, pero con una asombrosa alegría descubrió que lo que había confundido con un libro; era un álbum de fotos. Se dejó caer en el sofá y comenzó a mirar las fotos que contenía. Su mirada expectante se volvió serena y alegre al ver a una joven que nunca antes había visto. Una joven morena, de pelo largo, rostro ovalado, labios sensuales, con cuerpo delgado, que lo miraba con unos enormes ojos marrones llenos de fuerza y luz. Unos ojos que hablaban y reflejaban los sentimientos más profundos de su dueña.

No supo contabilizar cuánto tiempo había pasado mirando a Adriana, e intentando descubrir el lenguaje de su mirada. Una mirada alegre y triste. Una mirada profunda y enigmática. Una mirada llena de luz y color. Una profunda tristeza se adueñó de él, la habitación se le venía abajo, necesitaba salir de ella. Con paso ligero bajó las escaleras y salió fuera. Una pertinaz niebla lo envolvía todo y una fina lluvia bañaba a Cudillero de plata. Gabriel miró el paisaje y sus ojos descansaron en el mar. Un mar tranquilo y sosegado. Un mar grisáceo, un mar que era el espejo del cielo. Oyó unos pasos que se acercaban, en aquella tarde de otoño, en la que la bruma lo envolvía todo y un enorme silencio reinaba en Cudillero, agradeció que un ruido familiar lo trajese a la realidad, dirigió su mirada hacia las escaleras, vio a una mujer que con paso firme y agilidad trepaba por las mojadas escaleras. Al principio no supo reconocer a aquella mujer que se acercaba, pero, no tardó mucho en reconocer a Elvira. Se apoyó en la pared y esperó a que Elvira estuviera más cerca para saludarla, la fina lluvia le acariciaba la cara, mientras en su rostro se dibujaba una sincera sonrisa.

—Buenas tardes señora.

—¿Qué faes mio neño?

Gabriel se limitó a sonreír a aquella señora que le caía tan bien y que le ofrecía confianza la claridad de su sonrisa.

—¿Me permite que le diga que está muy guapa? Ese color de pelo le queda muy bien, realza, aún más, su moreno.

—Fui el otro día a la peluquería. ¿Gústate el moreno, pos vengo de la playa?

—¿De la playa? Pero si está lloviendo y hace frío.

—¿El quei? Ta, como el caldo, el agua.

—Y, hablando de agua, nos estamos mojando aquí fuera. La invito a tomar un café.

—Gracias, mio neño, pero venía a casa de Manuel y Matilde, para abrir un poco la casa.

—Bien, pues ábrala, que mientras yo preparo el café.

Elvira miró con simpatía a Gabriel, mientras se encaminaba a casa de su hermano.

—¿Entiéndeste bien con la casa?

—Bueno, hago lo que se puede. Voy a poner la cafetera, hasta ahora.

La casa estaba agradablemente caldeada por la estufa de leña, colocada en el salón. Gabriel llevó la cafetera y la leche colocándolo en las arandelas de la estufa, para que no se enfriara. Volvió a la cocina y regresó al salón con una bandeja que depositó cuidadosamente en la mesa camilla que se encontraba cerca de la estufa. Con sumo cuidado colocó las tazas, el azúcar y la fuente con el bizcocho. Acababa de poner la mesa, cuando oyó a Elvira llamar.

—Qué bien huele el café.

—Entre, ya está todo preparado.

Elvira quedó gratamente sorprendida al ver la mesa tan bien puesta.

—Pero, ¡qué bien está todo!

—Siéntese. ¿Quiere el café solo, o con leche?

—Con leche.

—Pruebe el bizcocho, lo he hecho yo.

Elvira, le miró y con desconfianza cogió un trozo de bizcocho. Con timidez le dio un mordisco.

–¿Ficístelo tu? Ta muy bueno.

—Me alegro que le guste. Es una receta de Adriana, la encontré el otro día por casualidad.

—¿Adriana? No sabía que facía estas cosas. Non quería engordar por nada del mundo.

Gabriel se limitó a sonreír, mientras cogía un trozo de bizcocho.

—Faes muy bien lo de la casa. Ya podía el mi home y los mis fíos ser así.

–Bueno, no crea, para mí es nuevo. Al principio no sabía ni cascar un huevo.

—Entonces como Adriana. No le gustaba cocinar, sólo facia sus guisos y con poca grasa para no engordar.

—Usted conocía mucho a Adriana, ¿verdad?

—Sí, mio neño, desde pequeña. Diome mucha pena cuando murió, pero era tan cabezota que non quiso poner quimioterapia.

—Tenía una mirada muy especial ¿verdad?

—¡Ah! Non sé. Yo de eso no entiendo. Tú sabrías.

—¿Yo? ¿Por qué?

—Porque tú la quieres.

Gabriel no supo qué contestar y esquivó la penetrante mirada de Elvira.

—Sí, claro, yo era uno de sus amigos. Aunque yo la

conocí muy poco.

—Pues, ahora es tarde, está muerta. —Con voz triste. Elvira miró el reloj—. Qué tarde es. Muchas gracias mio neño, pero tengo que facer la cena a los mis homes.

—Me ha gustado mucho la charla con usted.

Elvira metió la mano en la bolsa de playa azul marino y sacó una bolsa llena de escamas que despedía un fuerte olor a pescado.

—Toma, pa que cenes. Una merluzina del pinchu.

—¿Una merluza? ¿Pero qué hago con ella?

—Cómela, ta fresca.

—Sí, ya. Pero...

—Quítasle la cabeza, lavasla, la faes en rodajas y friesla.

—¡Ah!, Gabriel no salía de su asombro. Gracias por la merluza y por los consejos para guisarla.

—De nada, mio neño.

───────────────

Los dos cogidos de la mano y perdiéndose por las callejuelas de Cudillero, en una tarde fría y lluviosa, mientras la lluvia con su suave y sutil mano, los acariciaba. La bruma con su presencia envolvía a Cudillero de misterio y romanticismo, el bramar del Cantábrico los acompañaba en su paseo vespertino.

Gabriel, se despertó sobresaltado y sudoroso. Enseguida comprendió que todo había sido un sueño. Un sueño en el que Adriana lo había acompañado. Se recostó en la cama y sintió un profundo deseo de abrazar a Adriana, de estrecharla entre sus fuertes brazos, de acariciar su piel, de unir sus labios con los de ella...

Un sentimiento de culpabilidad lo trajo a la realidad. Se sentía culpable porque estaba comenzando a sentir algo que no se atrevía a calificar, por Adriana.

Una tímida sonrisa se dibujó en su rostro. Estaba sintiendo lo mismo que Adriana, había sentido por él y le había explicado en su carta.

Gabriel saltó enérgicamente de la cama. Necesitaba salir. Un ciento de pensamientos le vinieron a la mente. Con torpeza, se puso sus gastados pantalones y un grueso jersey de lana gris.

El alba comenzaba a dibujar el día. Abrió la puerta y una fría y húmeda ráfaga de viento lo saludó. Con lentitud comenzó a bajar las estrechas callejuelas iluminadas con la amarillenta luz de las farolas, a lo lejos se oía la algarabía de los pescadores que se preparaban para la faena diaria de la pesca. Aspiró profundamente el sano aire de Cudillero. Con quietud, miró el maravilloso paisaje, la belleza de este singular pueblo En la bondad de sus gentes.

Gabriel recordó con cariño la primera vez que oyó una conversación en pixueto y la extrañeza que le causó. Cuántas cosas había descubierto y vivido gracias a Adriana. Una profunda tristeza se apoderó de él. Sentía algo que no se atrevía a calificar, por Adriana, pero era algo que no se podía permitir, no podía perseguir a un fantasma, no podía permitirse que este sentimiento tambaleara los frágiles cimientos de su vida. Sabía que tendría que volver a su vida, no podía seguir así, pero algo había aprendido. Ariel, nunca volvería a devorar a Gabriel.

# Trece. El regreso

—Creo, que lo mejor es hacer una recopilación de las canciones de tus últimos discos. Ariel no contestó, se limitó a hacer una mueca de inconformidad.

—Sí Ariel, es lo mejor. Después de tu desaparición no se grabó el disco que estaba proyectado.

—Si hacemos lo que tú dices. No habrá promoción, ¿verdad?

—La precisa.

—Bien, porque quiero comenzar a escribir canciones para un nuevo disco.

—¿Tú?, ¿escribir? —La voz de Tito delataba el asombro que había producido la afirmación de Ariel, por unos segundos abandono la expresión fría y distante que siempre mostraba.

—No sé por qué te sorprendes. Muchos artistas, en

un momento determinado de su carrera, comienzan a componer.

—Creo que no es una buena idea, Ariel.

Ariel, clavó sus verdes ojos en la figura de Tito. ¿Por qué? ¿Tienes miedo de que sea un fracaso?

—No, Ariel, simplemente creo que lo tienes que tomar con más calma.

—De acuerdo. Haremos una recopilación con las canciones de los últimos discos.

—Muy sensato Ariel, — dijo Tito con satisfacción y una gran sonrisa.

Ariel se limitó, simplemente, a dibujar una leve sonrisa en su rostro y a salir del despacho de Tito. En la puerta, como siempre, estaban Héctor y Gonzalo, junto con otros tres nuevos guardaespaldas que no conocía.

Desde su regreso, todo parecía igual, parecía que nunca se había marchado y que nunca había conocido a Adriana. Pero lo más triste de todo era que parecía que Gabriel nunca había existido y que todo lo que había vivido en aquellos meses en Cudillero había sido un feliz sueño, que pertenecía a un tiempo pasado al que no se puede volver. Su casa, todo seguía igual, su lujosa mansión era más una cárcel de oro, que un hogar. Desde su regreso notaba que Ariel, se estaba adueñando de Gabriel.

Sus ojos habían perdido brillo y la alegría que en Cudillero habían adquirido, quizás era más fácil dar vida a Ariel y olvidar a Gabriel, porque Gabriel amaba a Adriana.

Su relación con Icía se había terminado, simplemente no era rentable. Los meses que él se había marchado, se comportó como la novia que es abandonada sin piedad, pero pronto encontró consuelo en los brazos de otro joven cantante.

Ariel terminó de arreglarse la corbata mientras del exterior le llegaba el murmullo de la gente que atestaba la nueva sala de fiestas de Kiko Montesquino. Pensó de nuevo en Icía, se sentía feliz por una parte y triste por otra. Feliz porque se había librado de una relación infeliz y llena de intereses. Y triste porque el comportamiento de Icía le había hecho comprender que sólo amaba a Ariel y a su fama. Ariel, sin fama, no le interesaba y en los últimos meses, no se había hablado de él y, por tanto, no era rentable para ella. Por la frialdad y el egoísmo que Icía demostró, en su primera y última cita desde su llegada, le hizo entender, lo solo que estaba y extrañar profundamente a Adriana. Un sentimiento prohibido, pero que aun siendo Ariel la necesitaba, más que siendo Gabriel.

Ariel se percató de que ya era la hora de salir al escenario. Por primera vez en su vida sentía miedo, ni en sus primeros años de carrera, había sentido el miedo que sentía ahora, tal vez, porque era un niño y todo lo convertía en un juego. Un cosquilleo le recorrió el cuerpo, mientras caminaba por el corto espacio que separaba su camerino del escenario. El público se entregó por completo, no escatimaron en aplausos. Una enorme sonrisa de satisfacción se dibujó en su rostro, mientras saludaba cortésmente al entregado público y se despedía.

En el camerino lo esperaba Tito, ——bravo Ariel, has sabido metértelos en el bolsillo.

—Gracias Tito, pero debo confesarte que al principio tenía un miedo horrible.

Tito no pudo contestar porque en ese instante interrumpió Héctor.

—Tito, en la puerta se encuentra un señor que dice conocer a un tal Gabriel y quiere saludarlo.

—¿Gabriel? —Preguntó con extrañeza Ariel, saliendo del camerino en busca de la persona que reclamaba a Gabriel.

—¡Manuel! ¡Manuel! ¡Eres tú! ¿Qué alegría?, al tiempo que se fundían en un sincero abrazo.

—¡Hola muchacho! Tus gorilas no me dejaban saludarte.

—Les pagan para eso. Pero no hablemos de ellos. ¿Dónde está Matilde?

—Esperándonos en el restaurante. Venía a invitarte a cenar.

—Bien, espera un momento. Tengo que cambiarme.

Al entrar lo esperaban sus guardaespaldas y Tito.

—¡Ariel! ¿Qué haces?

—Tito, te presento a un gran amigo, Manuel Marqués.

—¿Manuel Marqués, el gran escultor

—Sí, soy yo.

—Así que conoce a Ariel.

—No. Yo conozco a Gabriel.

—¡Gabriel! ¡Ariel! Qué más da.

—No, no es lo mismo.

—¿Y cuándo lo conoció?

—Somos viejos amigos.

Gabriel había terminado de cambiarse. —Cuando quieras nos vamos. —Tito, no llegaré muy tarde, ya sé que mañana tengo que grabar.

—¿Pero te vas así?

—Yo sólo he invitado a Gabriel,— dijo Manuel con tono jocoso —, a los gorilas los invita usted a cenar. Buenas noches señores.

---

El Destino con su sabia mano, había vuelto a poner en su camino a Manuel y a Matilde. Ellos fueron elegidos para recordarle que detrás del gran ídolo hay una persona. Ellos, con su natural simpatía y con todo el aprecio que le demostraron, supieron entender el pequeño engaño, y más al ver de cerca la vida de Ariel.

De nuevo el Destino había puesto en su camino a Adriana, para recordarle el juramento que se había hecho y que estaba a punto de quebrantar.

Una caricia suave y natural, por su corto y castaño pelo le hizo abrir los ojos.

—¡Hola, mami!

—¿Qué hace mi chamaquito bello?

—Nada mami. Simplemente pensaba.

—¿A sí? ¿Y se puede saber qué pensabas?

—En todo, el tiempo que hemos perdido, mami. ¿Qué nos pasó después de la muerte de papá?

—No sé, mi hijo. —Tornándose su voz triste y ronca—. Me imagino que aceptamos el dolor como pudimos.

—Sí, mami, pero, nosotros siempre fuimos una piña, siempre estuvimos muy unidos, en lo bueno y en lo malo.

—Tu padre y yo, nunca estuvimos de acuerdo con el inicio de tu carrera. Yo quería que estudiaras, que fueras a la universidad, que vivieras tu infancia y que después eligieras. Tu padre era de opinión distinta, consideraba que cuanto antes empezaras era mejor, quería poner alas a tus sueños, anhelos e ilusiones.

—Pero, yo no me arrepiento mami.

—¿De verdad?, desde que has regresado de tu viaje te noto triste.

—Si te dijera que estoy cansado, ¿me creerías?

—No, mi niño. Soy tu madre y te conozco.

—Mami, de un tiempo para acá, me estoy

cuestionando si merece la pena la vida que llevo. Alguien me ha hecho comprender que me estoy perdiendo pequeñas cosas, vivencias que te pueden parecer insignificantes, como ver el despertar de las flores acariciadas por las pequeñas gotas de rocío. Alguien muy especial me ha enseñado, que hay que vivir el presente y que cada momento es único e irrepetible...

Lucrecia miró a su hijo intentando descubrir algo en aquellos inmensos ojos verdes que por unos segundos habían adquirido vida.

—¿Quién es ella?

—Ella es la persona que con una sutil dulzura me ha hecho comprender, que he perdido cosas irrecuperables, como mi infancia. Me ha enseñado a descubrir y apreciar las pequeñas cosas de la vida. Pero lo más importante de todo, me ha recordado que detrás de Ariel, hay una persona.

—Una, de las cosas que no le perdono a tu padre, antes de nuestro divorcio fue, precisamente lo que tú acabas de decir. Él quería recuperar sus años de gloria a través de ti, y no se dio cuenta de que te estaba robando tu vida.

—¡Mami!, por favor. No seas duras con él.

—Gabriel, si pudiera dar marcha atrás y recuperar

tu infancia y adolescencia. Si yo pudiera devolver tu mirada soñadora y dulce...

—Mami, no soy tan infeliz. Simplemente me estoy planteando que no quiero seguir con mi carrera.

—¿Me estás diciendo que vas a dejar la música?

—No. La música es mi vida. No podría vivir sin ella. Quiero tomar las riendas de mi carrera. He pensado en producir mis propios discos y en componer.

—Me parece maravilloso, cariño.

—He estado demasiado tiempo alejado de México y de ti. Voy a vender la casa de Malibú y a comprar un pequeño apartamento en la parte antigua de Veracruz.

—¡Qué bien, mi niño! —Dándole un fuerte abrazo—, y ahora vamos a dar un paseo por el malecón, que a esta hora está precioso.

—Por supuesto, mami. Y después te invito a cenar en el puerto. Quiero presumir de chica guapa.

—Gracias, mi amor. Me parece mentira que podamos ir los dos solos, sin guardaespaldas que te vigilen y acosen.

—Sí, es fantástico, y así será a partir de ahora.

# Catorce. Corazón roto

Su constante lucha por huir de Adriana, le había llevado a caer de nuevo en ella. En su intento de no perseguir a un fantasma, buscó mil y un subterfugios en los que refugiarse y uno de ellos fue Creta.

Cuando conoció a Creta, creyó haber encontrado el gran amor de su vida, ese amor que a todo el mundo le llega... Pero Gabriel se olvidó de que él ya lo había encontrado. Que muy a su pesar, Adriana, era todo lo que buscaba, que ella conocía aspectos, facetas de su personalidad, que él desconocía.

El tiempo que estuvo con Creta fue maravilloso, logró desterrar por un tiempo el espectro de Adriana, pero Creta fue capaz de amar a Gabriel, pero no logró aceptar y aprender a vivir con Ariel. Creta no supo entender su forma de vida, sus largas ausencias, el ir y venir de avión en avión, de ciudad en ciudad... y la relación se terminó, recordándole que Adriana sí lo entendía y aceptaba. Pero Adriana no estaba, estaba muerta, era inalcanzable, un sueño furibundo e irreal que le rompía el corazón en mil pedazos.

En su intento de huir de ella, había creído amar con locura a Creta, una mujer intrépida y delicada, una mujer que compartía su vida con un hijo de cuatro años, fruto de una relación anterior y que no se parecía en nada a Icía, y lo que era más importante, a Adriana, o al menos eso creía Gabriel. Creta, con su pelo castaño claro, sus ojos azules y su metro ochenta de altura, no se parecía nada a Adriana, pero al igual que Adriana odiaba los convencionalismos y sentía un profundo respeto por el dolor y el sufrimiento de los demás. Creta, pertenecía a una organización que prestaba ayuda al sector de la población más necesitado de México.

Inducido, indirectamente por Adriana, conoció la situación social, material y económica que se vivía en su país. Conoció cómo vive la población indígena de Chiapas, cómo esas gentes, a pesar de no tener acceso a una educación, encierran una gran sabiduría, la sabiduría del corazón. De la mano de Creta, se mentalizó de que él podía prestar ayuda y hacer algo útil por ellos.

De ahora en adelante, el veinte por ciento de la venta de sus discos sería destinado para los sectores más necesitados en Chiapas. Manuela entró apresuradamente en la cocina, mientras terminaba de ponerse bien el blanquísimo delantal. Al levantar la cabeza, comprobó que el desayuno estaba preparado y que alguien estaba buscando algo en la despensa. Con curiosidad y sigilo se acercó a la puerta entreabierta, con mirada tranquila reconoció a Gabriel que afanosamente buscaba el tarrito de canela.

—Pero, ¿qué significa todo esto?

—Buenos días, Manuela. Significa, que he preparado el desayuno, ¿no hay canela?

—Sí, la tienes justo enfrente.

—Gracias, Manuela. Eres un tesoro.

—¡Pero, qué zalamero eres!

—Manuela, tú sabes que te quiero mucho. Llevas en esta casa, desde antes de que yo naciera. Tú formas parte de esta casa y de mi vida.

—Bueno, ya vale. Pero, ¿desde cuándo tú sabes cocinar?, —mirando con incredulidad el desayuno y la cocina perfectamente recogida y limpia.

—Mi querida Manuela, en esta vida hay que saber

de todo, —cogiendo la bandeja al tiempo que se dirigía al jardín.—Por favor, avisa a mamá de que el desayuno ya está listo, y que la espero en la piscina.

Lucrecia, llegó a la piscina pasados unos minutos, perfectamente ataviada con una indumentaria deportiva e informal, que contribuía a darle un aspecto más jovial del que lucía habitualmente. Gabriel contempló con satisfacción a su madre, su pelo rubio, perfectamente cuidado y con la medida justa, sus ojos marrones marcados por alguna fina arruga que delataba el paso del tiempo, su cuerpo esbelto y cuidado.

Lucrecia le pasó cariñosamente el brazo por el cuello a Gabriel a la vez que lo saludaba con un tierno beso. —Buenos días, chiquito, ¡qué alegría más grande, poder comenzar el día contigo!

—Buenos días, mami.

—Manuela me ha dicho, que preparaste el desayuno, mirando la bandeja.

—Sí, he preparado zumo de naranja, una ensalada de frutas, café, mermelada de manzana y frixuelos.

—¡Qué maravilla! No conocía tu afición por la cocina.

—Lo he descubierto hace poco.

—¿Qué has dicho que es esto?, señalando a los frixuelos.

—Frixuelos, se hacen con leche, huevo, harina, mantequilla y un poco de anís, y se cuajan en la sartén. ¿Los quieres con azúcar morena y canela o con mermelada de manzana? La he hecho yo.

—Uno de cada. Pero, ¿cuándo has aprendido a hacer esto?, saboreando un pequeño trozo de frixuelo. Está exquisito.

—Gracias mami. He estado, hace poco en España, concretamente en un pueblo maravilloso de Asturias y allí he aprendido y descubierto muchas cosas.

—¿También allí has descubierto que no quieres seguir como hasta ahora?

—Sí, entre muchas otras cosas.

—Creí que no volverías a España después de la muerte de tu padre.

—Yo también pensaba que sería muy dolorosa mi vuelta, pero el destino tenía preparado poner en mi camino a alguien que me enseñaría muchas cosas.

—¿Qué ha pasado con ella?

—Está muerta. —La voz de Gabriel se tornó triste y con un hilo de voz continuó—. Al principio, pensé que era una de mis innumerables fans, pero al empezar a leer su larga carta, comprobé que conocía mi alma, mis sentimientos más profundos, sentimientos de Gabriel que estaban siendo destruidos por Ariel. Adriana, me enseñó que la vida está llena de pequeñas cosas, y que son lo realmente importante en la vida.

—Por lo que me estás diciendo, debía de ser muy especial.

—Sí, los últimos meses de su vida los pasó en Cudillero, un pueblo precioso de pescadores, situado en el occidente asturiano. Cuando le comunicaron que tenía leucemia, decidió no someterse al tratamiento y pasar el tiempo que le quedaba en el pueblo rodeándose de todo lo que amaba.

—Y sus restos, ¿dónde están?

—En Cudillero, sus cenizas están enterradas en el cementerio del pueblo, mirando el bravo mar Cantábrico, y como lápida, un rosal de rosas rojas y una pequeña placa en la que se puede leer: «Adriana Valdés, falleció en otoño de 1984». Gabriel no continuó hablando y perdió su mirada en el cielo de un azul intenso, que hacía contraste con el verde de las palmeras que eran mecidas suavemente por la brisa tropical. El silencio se rompió por una pregunta de Lucrecia.

—La quieres mucho, ¿verdad?

—Sí, mami. —Afirmó Gabriel con un hilo de voz, casi inaudible—. Ella es todo lo que he buscado durante estos años. Tú siempre me decías que tuviese cuidado, que habría muchas mujeres que se acercarían a mí por el éxito y la fama. Y yo te contestaba que cuando llegara mi gran amor lo sabría, pues bien, ha llegado, pero la he conocido demasiado tarde. Adriana es la única capaz de amar a Gabriel y aceptar a Ariel. En este tiempo que llevo en Veracruz, creí encontrar a mi gran amor, Creta, pero sólo volvió a recordarme que ya lo había encontrado, que Adriana es el gran amor de mi vida, y que Creta fue un refugio que encontré en mi intento de huir de Adriana.

—Mi amor. No sé qué decirte.

—Nada, mami, tengo que ser yo. Yo tengo que aprender a aceptar vivir sin su presencia física. Sabes, lo he estado pensando estos días, el día que me muera, quiero que me incineren y que entierren mis cenizas junto a las de Adriana, como lápida que pongan un rosal y en el suelo una placa con la siguiente inscripción: «Gabriel Ortega, y como epitafio:" *La música es amor en busca de palabras"*».

—¡Gabriel!, por favor. No hables así, me pones triste.

—Bien, de qué quieres que hablemos.

—Del futuro.

—Pues, de momento, tengo que volver a Los Ángeles y cumplir el contrato que tengo firmado con Tito.

—¿Y después?

—Me instalaré definitivamente aquí en verano e iniciaré mi carrera componiendo mis propias canciones y produciendo mis propios discos.

—Brindemos por el futuro.

—Por el futuro.

# Quince. Juntos

El calor del público, sus aplausos, recompensa todos los malos ratos que se pasan. Por una de las cosas que merece la pena continuar en este mundo de la música es por el público. Su aplauso es como una droga que te atrapa y no te deja. Pensaba Gabriel mientras terminaba de calzarse. El concierto había salido como lo esperaban, el contrato que tenía firmado con Tito, finalizaba con este último concierto y de esta forma recuperaba su libertad. Una libertad que comenzaría a disfrutar desde ahora, en el barrio del Albaicín, por el Sacromonte, perdiéndose por la ciudad y empapándose del encanto de ésta, disfrutando con las pequeñas cosas como contemplar una puesta de sol desde la Alhambra. Perderse por el Sacromonte o recorrer en silencio las callejuelas del Albaicin llenas de historia.

En la calle, la temperatura era ideal, la gente en su ir y venir, el tráfico, en definitiva, la ciudad llena de vida, le hizo dibujar una sonrisa de satisfacción y alegría. Era una sensación maravillosa, la de libertad, el poder camuflarse detrás de unas gafas de sol y perderse entre la gente, mezclarse con ellos. Era una sensación maravillosa la de no estar vigilado ni controlado, la de poder moverse a su aire. Con paso decidido y firme se encaminó a la Alhambra, disfrutó de la interminable cola para entrar y aún disfrutó más en su interior, perdiéndose por ella, empapándose de su aroma y disfrutando del murmullo de sus fuentes.

Cuando terminó su visita a la Alhambra, ya estaba bastante avanzada la mañana. El escaso tiempo que le quedaba, decidió repartirlo entre el Albaicin y el Sacromonte. Una inmensa tristeza empañó su brillante y verde mirada, deseó con todas sus fuerzas, compartir todo lo que estaba viviendo con Adriana, perderse juntos por aquel enmarañado laberinto de callejuelas, poder iniciar esta nueva etapa de su vida con ella. Poder tenerla cerca, besarla, abrazarla, acariciarla, sentir los latidos de su corazón, perderse en su mirada...

Una mano desconocida le hizo volver a la realidad, sin darse cuenta una señora de mediana edad le había cogido la mano y se la estaba leyendo.

—Huy, lo que veo aquí, chiquillo.

—¿Qué hace, señora?

—Leerte la buenaventura, mi alma.

—Sí, pero... —Gabriel no continuó con sus objeciones, ya que era inútil. Aquella señora estaba dispuesta a leerle la buenaventura.

—Ven acá, mi alma. Tienes una mano muy interesante. Aquí veo mucho éxito y fama, sin duda alguna lo has disfrutado desde muy pequeño. También veo que eres muy romántico, apasionado, sensible y tierno. Una composición para enloquecer a las mujeres, mi alma. —Gritó la mujer con un tono alegre y desenfadado.

A Gabriel le empezó a divertir la situación y decidió seguirle el juego a aquella señora gordita y de piel canela que tan animadamente le gritaba a los cuatro vientos su futuro.

—Y, ¿qué más ve?, señora.

—Calma, guapetón, que echar la buenaventura lleva su tiempo. Veo, que te ha costado mucho tomar una decisión, pero que por fin te has decidido.

—Sí, eso es cierto, ¿y qué más ve?

—Vamos a ver, mi alma. Pero, que línea del amor

más profunda tienes, chiquillo,—Gritó enérgicamente la mujer—. Veo que has amado y te han amado mucho. Pero también veo un gran amor platónico, sí, aquí está bien marcado. Déjame la otra mano, sí, aquí también está. Veo que este amor es el gran amor de tu vida, pero veo algo raro, ella no está. Es como si no estuviera en este mundo. —En el rostro de la mujer se dibujó un gesto de incomprensión y miró a Gabriel en busca de una respuesta.

Gabriel se limitó a sonreírle, invitándole a continuar.

—Veo, que desde el día que la conociste, tu vida cambió, te enseñó muchas cosas.

—Sabe, que es muy buena leyendo la buenaventura.

—Gracias, chiquillo. Las gitanas somos así. Déjame mirarte la línea de la vida. —El rostro de la mujer adquirió una gravedad, que Gabriel desconocía y se negaba a creer que existiera en aquella mujer tan chispeante y vivaracha.

—¿Pasa algo?

—No, nada. Veo que tendrás una vida muy larga, con un hilo de voz, mintió la mujer.

Gabriel miró el reloj, era ya casi la hora de

marcharse y Tito estaría esperándolo.

—Bien señora, tengo que irme, ¿cuánto le tengo que dar por leerme la mano?

—Nada, chiquillo.

—¿Nada?, la buenaventura hay que pagarla.

—Esta no, por simpático y guapo, no te cobro nada. Que te vaya bien y también he visto —añadió la mujer, —que en la eternidad serás muy feliz con ella.

Gabriel no comprendió el último comentario de la buena mujer, que desapareció como una exhalación entre las innumerables callejuelas.

Al llegar al hotel, Tito le estaba esperándolo impaciente.

—¿Dónde te has metido?

—Perdona, se me ha hecho tarde.

—Date prisa, ya está todo el equipaje en el coche.

—Bien, voy a mirar si me queda algo en la habitación y nos vemos en el coche.

—Pero deprisa, andamos muy escasos de tiempo.

Cuando Gabriel bajó, Tito lo estaba esperando muy nervioso en el coche.

—Ya nos podemos ir.

—No sé si dará tiempo a coger el avión para Los Ángeles. Y mañana tengo una reunión muy importante.

—No te pongas nervioso, llegarás a tiempo.

—Y, ¿ahora qué vas a hacer?

—Descansar durante unas semanas y después ya veré.

—Hagas lo que hagas te deseo mucha suerte.

—Gracias Tito. Estoy seguro que aunque nos separemos, seguirás teniendo mucho éxito. Eres un excelente mánager.

—Te voy a echar de menos. Llevamos mucho tiempo juntos.

—La vida da muchas vueltas, Tito. Una nueva etapa se abre y está escrito que no continuemos juntos.

Gabriel, miró a Tito, en su rostro se dibujaba el horror. Después de eso nada. Oyó unas voces, unos gritos y sollozos, sintió que un líquido rojo y caliente salía de su cuerpo formando con ello un charco rojo y en medio de ese charco, su cuerpo. Sintió como su cuerpo iba pesando cada vez menos y se elevaba, vio en la carretera dos coches destrozados, ambulancias, policía, vio a Tito arrodillado y llorando al lado de un cuerpo. Cada vez, se iba sintiendo más y más ligero hasta que perdió de vista el dantesco espectáculo del accidente.

Todo, se volvió oscuro a su alrededor, sintió miedo, el miedo a lo desconocido. Su cuerpo era cada vez menos pesado, se sentía ligero como el aire. No supo cuánto tiempo pasó, pero a lo lejos vio una brillante luz, que cada vez estaba más cerca, en ella se podía apreciar la silueta de una mujer. Cuando estuvo lo suficientemente cerca supo que era Adriana. Reconoció su pelo negro, sus ojos marrones, sus sensuales labios, su dulce sonrisa. Allí estaba Adriana, esperándolo con los brazos abiertos, ataviada con un inmaculado vestido azul, y con una expresión de dulzura y felicidad en la mirada.

—Hola, mi amor. Al fin estamos juntos.

—Sí, al fin. Juntos en la eternidad.

# Dieciséis. El encuentro

—Buenos días, joven, ¿la señora Leonor, se encuentra en casa?

Gertrudis, miró con curiosidad y desconfianza a aquella señora. Gertrudis no tuvo necesidad de contestar, en ese momento llegaba Leonor de la calle.

—¡Hola!, buenas tardes. Está lloviendo a cántaros, al tiempo que se sacudía las gotas de lluvia de la gabardina. Leonor miró a aquella señora que se encontraba en la puerta de su casa.

—¿Usted es Leonor?

—Sí, soy yo.

—Yo soy, Lucrecia Menéndez. La mamá de Gabriel.

—Encantada de conocerla. ¡Qué sorpresa más agradable!

Lucrecia se limitó a esbozar una leve sonrisa y a bajar su triste mirada, para esquivar los ilusionados ojos de Leonor.

—Pase, por favor. —Lucrecia dejó el paraguas a Gertrudis y siguió a Leonor hasta el salón.

—No quiero entretenerla mucho.

—Tonterías, ¿Gabriel no ha venido con usted?

—No.

—Perdóneme un momento. —Leonor salió del salón en busca de Gertrudis. Pasados unos minutos, apareció con una bandeja—. Primero, vamos a tomar un café, ¿lo quiere solo o con leche?

—Con leche, por favor.

Leonor, sirvió las dos tazas, puso las pastas en el centro de la mesa y se sentó enfrente de Lucrecia. Lucrecia tomó un sorbito de café, necesitaba sacar fuerzas para darle la noticia a Leonor.

—Y Gabriel, ¿se ha quedado en México?

Lucrecia no pudo contestar a Leonor, un nudo en la garganta se lo impedía. Necesitaba liberar todo el dolor y el sufrimiento que llevaba dentro. Las lágrimas comenzaron a brotar de sus ojos de una manera incontrolada. Leonor se quedó estupefacta, no sabía qué hacer, ni qué decir, no comprendía el comportamiento de Lucrecia. Pasados unos minutos, Lucrecia logró controlar su llanto y con voz entrecortada le comunicó a Leonor la fatídica noticia. Las dos mujeres se fundieron en un único llanto fruto de su profundo dolor y tristeza.

La noche estaba desterrando al día, la lluvia se había hecho más pertinaz y se estrellaba contra la ventana, acompañando a las dos mujeres en su incontrolable llanto. Cuando las lágrimas se secaron y lograron serenar la profunda tristeza de su alma, iniciaron la conversación. Lucrecia se enjugó las lágrimas con una mano, mientras que con la otra oprimía cariñosamente la temblorosa mano de Leonor.

—No es posible. —Repetía una y otra vez Leonor—, ¿por qué?, Dios mío, ¿por qué?

—Yo, intento no buscar respuestas, Leonor. Simplemente intento aceptar lo que no puedo cambiar.

—Lucrecia, no es posible. Él era como mi nieto, después de la muerte de Adriana, me ayudó muchísimo y ahora no está.

—Es menos doloroso, si piensas que están los dos juntos.

—Me gustaría ser tan fuerte como tú.

—Yo no soy fuerte, querida amiga. Es mi forma de intentar aceptar el dolor.

—¿Cuándo sucedió?

—Hace dos semanas. Acababa de finalizar su gira por España.

—Él me había comentado que después de finalizar la gira, pasaría un tiempo en Cudillero, y que lo acompañarías tú.

—Sí, tenía unos maravillosos planes para el futuro. Y ahora, sólo quedan sueños rotos.

—¿Por qué, Dios mío?, ¿por qué has permitido que nos conozcamos en esta terrible situación?, Leonor se levantó con lentitud, y perdió su mirada, en el otoñal parque de San Francisco que comenzaba a vestirse de colores otoñales.

Lucrecia imitó a Leonor y se puso a su lado junto a la ventana.

—¿Cómo sucedió? —preguntó Leonor, mientras fijaba su mirada en las finas gotas que se estrellaban en la ventana.

—Fue de camino a Madrid. Habíamos quedado que me iría a buscar a Barajas y luego vendríamos aquí, a Oviedo. Pero un cruel accidente de tráfico se lo impidió. Fue un choque frontal, entre el coche de Gabriel y el otro vehículo implicado. La única víctima mortal fue él. Gabriel me contó todo en su último viaje a México. Había decidido vivir en Veracruz, iba a producir sus canciones. Y todo ello gracias a Adriana.—Lucrecia miró dulcemente a Leonor y continuó—. No sé, si sabrás que yo nunca estuve de acuerdo con que Gabriel empezara tan pronto. Sabía que iba a suceder lo que sucedió, perdió cosas irrecuperables como su infancia, su alma se convirtió en un alma de papel. Ariel terminó por adueñarse de Gabriel.

—Sí, querida amiga.

—Pero, afortunadamente, Adriana con una sutileza increíble le hizo entender, le recordó que se le estaba olvidando vivir.

—El amor fue caprichoso con ellos.

Lucrecia esbozó una leve sonrisa a Leonor y continuó. —Gabriel me contó cómo había conocido a Adriana. Al principio pensó que era una de tantas que le juraban amor eterno, pero al comenzar a leer su carta, comprendió que todos los sentimientos de Adriana eran hacia Gabriel...

—Recuerdo la primera vez que vi a Gabriel en Los

Ángeles. Recuerdo que tenía unos ojos sin vida, con una mirada fría y distante. Pero en los meses que estuvo aquí, su mirada adquirió vida, brillo y fuerza.

—Le hizo mucho bien, el tiempo que pasó en Cudillero. Le brindó la oportunidad de pensar, replantearse su vida…

—Es una lástima que todo haya sucedido así.

—Sí, Leonor. Como una premonición fatal, Gabriel me explicó que cuando muriera quería que lo incineraran y enterraran sus cenizas junto a las de Adriana y que como lápida pusieran un rosal. La conversación terminó, para dar paso al silencio, un silencio ensordecedor que sólo fue roto por el llanto de las dos mujeres fundiéndose con el susurro del viento.

# Diecisiete. Una tarde de otoño

Lucrecia descansó su angustiada y llorosa mirada en el mar. En un mar espejo del cielo, un cielo gris que anunciaba lluvia. Descansó sus agotados ojos en el pintoresco paisaje de Cudillero, sus casas colgadas en la montaña, los árboles vestidos de verde y oro. Con paso lento comenzó a perderse por sus callejuelas, dejándose seducir por el encanto de este bello pueblo que había cautivado a su hijo. Trepó por las angostas escaleras una y otra vez sin éxito, era incapaz de salir de aquel pintoresco laberinto de casas y callejuelas. Una fina niebla descargaba su tristeza sobre Cudillero, envolviéndolo con un velo de misterio que contribuía a incrementar su romanticismo. Lucrecia, en su intento de encontrar el camino al cementerio. decidió pedir ayuda a dos hombres, que por su aspecto eran del lugar. Quedó gratamente sorprendida al oír aquel lenguaje tan original y el elevado tono que utilizaban. Con mucha amabilidad le indicaron que tenía que salir de la calle Salsipuedes y subir las escaleras que se encontraban a su derecha. Con fuerza sujetó el pequeño paquete que llevaba en las manos e inició su escalada. Las escaleras eran cada vez más escarpadas e incómodas, pero el hermoso paisaje que ante ella se presentaba recompensaba las incomodidades del camino. Era un paisaje pintado caprichosamente por el mágico pincel de la naturaleza, utilizando sabiamente los diversos azules del cielo y del mar, un mar espejo del cielo. Caprichosos verdes, el verde de los prados, de las montañas, de los árboles.

Con firmeza abrió la puerta del cementerio, echó una rápida ojeada, comprobando que la tumba de Adriana se encontraba al fondo. Con paso lento se dirigió hacia ella, dejó el pequeño paquete en el suelo y comenzó a cavar un pequeño hoyo. Una voz familiar interrumpió su labor, levantó la cabeza y vio a Leonor, que traía un hermoso rosal rojo. Allí estaban las dos cumpliendo el último deseo de Gabriel, pasar la eternidad junto a Adriana.

La lluvia se precipitaba con fuerza contra el cristal de la ventana. Lucrecia se quedó ensimismada mirando la lluvia. Una profunda tristeza la ahogaba, las lágrimas eran incapaces de brotar de sus ojos debido a los últimos acontecimientos. Necesitaba conocer el lugar donde Gabriel había pasado los últimos meses de su vida y que había contribuido a recuperarlo de nuevo. Pero el destino había sido cruel, se lo había devuelto para llevárselo después. Necesitaba conocer de cerca el lugar que había cautivado a su hijo, que le había hecho comprender que la vida es el presente inmediato endulzado por las cosas que nos hacen felices. Lucrecia se incorporó y con lentitud se dirigió al piso superior, subiendo las estrechas escaleras de caracol que conducían a la habitación de Adriana. Ella había sido la impulsora de todo, y era la gran desconocida, era la mujer de la que se había enamorado su hijo, la persona que le hizo comprender, que le enseñó una visión nueva de la vida. Una gran desconocida que conocía perfectamente a Gabriel. Al entrar en la habitación, comprendió todo lo que su hijo le había explicado. Aquella habitación reflejaba el alma de una persona tierna, dulce, romántica. Una sonrisa se dibujó en su desconsolado rostro. «Sin duda alguna, nos hubiésemos llevado muy bien, mi querida Adriana», pensó Lucrecia mientras pasaba su temblorosa mano por los innumerables libros que ocupaban la estantería.

Lucrecia se dejó caer en el sofá y contempló Cudillero, el muelle nuevo, deseó que todo lo que estaba sucediendo fuera una horrible pesadilla, que iba a terminar de un momento a otro. Que en cualquier instante despertaría y vería la hermosa sonrisa de su hijo. Que, de un momento a otro, entrarían Adriana y Gabriel cogidos de la mano y ateridos de frío. Pero, no era un sueño, no estaba en una horrible pesadilla, todo lo que estaba viviendo era real. Unas ardientes lágrimas se deslizaron por su escuálida faz, liberando a su alma de un profundo dolor. Tenía una vida por delante que no sabía qué hacer con ella. Una vida que no quería y a la que no tenía suficiente valor a renunciar. Metió la mano en el bolsillo y sacó el tubo de barbitúricos. Con torpeza abrió el tubo y comenzó a juguetear con el contenido, unas lágrimas comenzaron a rodar por sus frías y blancas mejillas. Unas lágrimas que contribuían a lavar su alma. Un alma ensuciada por el dolor, la pena, la soledad y la muerte.

Lucrecia, dirigió su llorosa mirada hacia los árboles, que eran mecidos suavemente por la fría y húmeda brisa otoñal, que con su mano suave y ligera los iba despojando de sus vestiduras. Clavó su mirada en el maravilloso cuadro que la naturaleza había pintado. De pronto, una paz inundó su espíritu. Ella era como aquellas obstinadas hojas amarillas, que se resistían a seguir el curso de la vida., no podía irse todavía, tenía que cumplir una misión, no sabía cuál, pero tenía que seguir viviendo para mantener vivos a Adriana y Gabriel.

# Dieciocho. Creta

Lucrecia miró con curiosidad a Creta. Intentaba comprender qué le había atraído a Gabriel de la espectacular mujer que tenía enfrente. Discretamente, observó su armonioso caminar, su largo pelo rubio, su bonita sonrisa, a medida que se aproximaba a ella.

—Buenos días, Lucrecia.

—Buenos días, Creta.

—¿Qué tal el viaje?

—Bien, gracias.

—Le apetece que nos sentemos en un café.

—Sí, perfecto.

—Como puede ver, estamos muy liados amueblando la nueva escuela.

Lucrecia se limitó a sonreír a Creta. En la acera derecha de la calle, se podía leer un gran letrero, anunciando café, *La Galería*. Era un lugar limpio y cómodo, en el que podría mantener una tranquila conversación con Creta. Una conversación que no se atrevía a comenzar, ya que le resultaba muy doloroso hablar del tema.

Lucrecia clavó sus enormes ojos marrones en Creta, intentando encontrar alguna señal de tristeza en su rostro, algo que delatara que le había afectado la muerte de Gabriel. En su interior quería pensar que su indiferencia no era más que una máscara que ocultaba el dolor que le había producido la muerte de su hijo.

Fue Creta quien rompió el hielo, preguntándole por cosas superficiales y banales. —Estás muy callada Lucrecia, ¿es la primera vez que vienes a Chiapas?

—Sí, y estoy impresionada.

—Es curioso, que viviendo en Veracruz y estando tan cerca de Chiapas, no conociera este Departamento. A Gabriel le ocurrió lo mismo. Este es uno de los lugares más bellos de México, al menos para mí. —Dibujando una sonrisa apenas perceptible—. Y uno de los más pobres. La población indígena vive en unas condiciones infrahumanas.

—Me parece maravilloso que exista gente como tú, con esa fuerza y vitalidad, convencidos de que se puede cambiar el mundo.

–Y, ¿tú no lo crees? —Con tono sarcástico.

—No, querida Creta. El mundo no se puede cambiar. El mundo se puede mejorar o al menos intentarlo, pero siempre existirán ricos y pobres y siempre existirán injusticias.

—Gabriel pensaba como tú. Tal vez, porque siempre fue un niño rico y mimado.

—Tal vez Creta, pero tuvo la fortuna de conocerte.

—Sí, yo le enseñé la otra cara de la vida, aunque creo que llegué tarde.

—¿Por qué dices eso?

—Porque otra se me adelantó. Tú sabes de qué estoy hablando, ¿verdad?, Lucrecia.

—Sí.

—Ella, un fantasma, se interpuso entre los dos. Yo para Gabriel no fui más que un pretexto para olvidarla. Se refugió en mí, huyendo de la desesperación que le producía saber que estaba enamorado de una muerta.

—Creta, estás furiosa con Gabriel, ¿no crees que

eres injusta?

—¡Injusta! Yo le amé de verdad. Le entregué todos mis sueños, todas mis ilusiones, y él ¿qué hacía?, utilizarlos para que no le resultara tan doloroso el saber que la mujer que amaba estaba muerta.

—Te estás olvidando del cariño y la amistad, Creta.

—Yo no quería su cariño y amistad. Quería su amor puro e incondicional. —Unas lágrimas asomaron a sus ojos—. Es muy tarde, y tengo mucho que hacer. Espero que disfrute de su viaje a San Cristóbal de las Casas.

—Creta, espera por favor.

—No tenemos nada más que hablar, mirando profundamente a Lucrecia–. Me alegro por Gabriel, ahora estará feliz. Por fin están juntos.

# Diecinueve. Cosme

El pintoresco mercado de San Cristóbal de las Casas, era todo un regalo para sus atribulados y desencantados ojos. Todo era nuevo para ella, le fascinaba aquel variopinto mercado, en el que los indígenas ofrecían sus productos. Era curioso, llevaba casi toda su vida viviendo en Veracruz y desconocía por completo lo que estaba sucediendo en el Departamento vecino. Ignoraba que la población indígena tuviera que subsistir de una forma lamentable, trabajando como temporeros mal pagados, en el servicio doméstico o cultivando unas tierras pobres y difíciles que apenas les daban para comer. Tal vez Creta tenía razón, toda su vida había sido una niña rica, mimada y consentida. Toda su vida había vivido en una hermosa jaula de oro, a través de la cual veía pasar la vida y sin percatarse de ello, había seguido la tradición con su hijo. Era ahora, en unas desoladoras circunstancias, cuando estaba comprendiendo que se estaba dejando pasar de lado cosas muy interesantes y enriquecedoras para su espíritu.

Aquel lugar le proporcionaba paz y serenidad a su angustiado espíritu. Una sensación de felicidad dibujó en su rostro una leve sonrisa, en su interior, deseaba que aquella mañana no acabara nunca, deseaba seguir oyendo la algarabía que los indígenas producían al intentar vender sus productos, el ir y venir de los turistas ensimismados con el singular mercado. Todo era como un sueño, que le proporcionaba paz y felicidad, un sueño del que no quería despertar. Pero los sueños no son eternos, y de la felicidad y la paz, pasó a tomar conciencia de la triste situación en que vivían aquellas personas, seres humanos como ella, que ofrecían sus productos en el suelo, seres humanos que no tenían nada, pero que sin embargo tenían brillo e ilusión en sus ojos. Madres que mecían a sus pequeños mientras ajustaban el precio de uno de sus productos con un rico turista. Niños chiquitos, que afanosamente hacían lo imposible para llamar la atención de los turistas, niños que debían de estar en la escuela, que debían estar disfrutando de su infancia... Quizás, sabiamente el Destino había puesto a Creta en su camino para hacerle comprender que existe un tiempo para el dolor, un tiempo para autocompadecerse y un tiempo para asumir la adversidad causante del dolor por muy grande que sea. Mirando a toda aquella gente, se sentía egoísta. Egoísta por sentirse desdichada, egoísta por intentar acabar con su vida. Una sabia mano la había llevado allí, para hacerle comprender que su misión en la vida aún no estaba finalizada y por tanto no podía irse.

Se sintió cansada y decidió ir al hotel para descansar y reponer fuerzas. Cuando estaba llegando a su destino, sintió un fuerte dolor en el brazo y vio como una sombra de cabello largo y negro se llevaba su bolso.

Lucrecia cerró la puerta y se dejó caer en el sofá, un gesto de dolor se dibujó en su rostro, el hombro le molestaba y los analgésicos aún no le habían hecho efecto. Se sentía confusa por lo sucedido. Quizás debería de sentirse enfadada, por el robo del que había sido víctima, pero no, se sentía confusa y aturdida. Tal vez, esa confusión se debiera a que el analgésico estaba haciendo efecto y un profundo sueño se estaba adueñando de ella. Se recostó en el sofá y se entregó al profundo y dulce sueño que desde hacía tiempo no disfrutaba.

Un golpe en la puerta la despertó, en un primer momento le costó recordar lo que había sucedido y dónde estaba, un fuerte dolor de cabeza le impedía pensar con claridad. El golpe volvía a oírse de nuevo, torpemente se incorporó y se dirigió a la puerta.

—Buenas tardes, señora. Lamento molestarla. Lucrecia intentó recordar quién era aquel hombre de cabellos plateados y ojos negros y brillantes que tan amablemente le comunicaba que había pasado mucho tiempo durmiendo.

—¿Qué hora es?

—Las siete, señora.

—¡Las siete! Dios mío, me he pasado casi todo el día durmiendo.

—Yo venía por lo sucedido esta mañana.

—Sí es policía, no pienso poner ninguna denuncia.

—Se lo agradezco señora.

—Voy a pedir un café y algo para comer, ¿le apetece tomar algo? —mientras descolgaba el teléfono.

—No, gracias. Muy amable. Yo sólo venía a entregarle esto.

—Mi bolso, ¿dónde lo ha encontrado?

—En realidad, quien se lo robó, llegó a la misión

con él.

—¿A la misión? Es sacerdote.

—No señora. Soy un voluntario que colabora con una organización para ayudar a la población indígena.

—Comprendo. Pero, ¿quién me robo el bolso?

—Una jovencita. Su familia está en una situación muy precaria y el hambre obliga a muchas cosas.

—Me imagino.

—Le agradezco mucho que no denuncie el robo, es la primera vez que lo hace.

—No tiene porqué agradecérmelo. Perdone un momento, están tocando a la puerta. —Lucrecia, pasados unos minutos, volvió con la bandeja que cuidadosamente depositó en la mesa—. Continúe.

—No quiero robarle más tiempo.

—Por favor, acompáñeme tomando un café.

—Bien. –Sentándose enfrente de Lucrecia.

—Llevamos rato hablando y no conozco su nombre.

—Es cierto, Cosme Jarquín, —Tendiéndole la mano.

—Lucrecia Ortiz. Hechas las presentaciones, me

gustaría que me hablara de su trabajo aquí.

—De acuerdo, pero con una condición.

—¿Cuál?

–Que nos tratemos de tú.

—Bien, cuéntame en qué consiste tu trabajo. —Sus miradas se cruzaron y una sonrisa selló aquel momento.

—Prestar ayuda al sector más necesitado de la población. Hoy, habrás observado la situación en la que vive la población indígena. Es lamentable, apenas sacan para subsistir, y las condiciones de vida son infrahumanas, sin contra, claro está, que no tienen acceso a una educación.

—Y vosotros, contribuís a mejorar su situación.

—Al menos lo intentamos. Nuestro último proyecto es la construcción de una escuela. Es fundamental, luchar contra el analfabetismo entre la población.

—Estoy de acuerdo contigo. Me preocupa la incultura a nivel general. Sobre todo, en un amplio sector como éste.

Cosme, miró discretamente a Lucrecia, intentando grabar en su memoria cada uno de sus rasgos.

—¿Tú nunca habías estado aquí antes?

—No. Es la primera vez.

—Y te roban el bolso.

—No tiene importancia.

—Salma, la chamaquita que te lo robó, lo hizo de una forma impulsiva, todo ello fruto del hambre y la pobreza. Tendrías que ver cómo viven.

—Para mí todo esto es nuevo. Siempre he sido una niña rica y mimada, que desconocía la situación en la que se encuentran estas gentes.

—No te preocupes. Nunca es tarde, mírame a mí, he llegado tarde, pero aquí estoy.

—¿Tienes alguna función específica aquí?

—Sí, soy médico. Un buen día, me harté de ser un niño mimado y rico. No era feliz y rompí con todo. Dejé mi consulta de Ciudad de México y aquí estoy.

—A juzgar por tu sonrisa y el brillo de tus ojos, debes de ser muy feliz.

—Sí, lo soy.

—Me gustaría conocer a Salma y a su familia.

—Bien, vamos.

—¿Ahora?

—Sí, ¿tienes algún problema?

—No, pero... ¿Tú crees que es una hora adecuada?

—Por supuesto, estarán encantados.

Cosme, tenía aparcado el coche enfrente del hotel. Antes de emprender el camino a San Juan Chamula, el pequeño pueble-cito situado a pocos kilómetros de la capital, Cosme se detuvo a comprar dos pollos. Lucrecia no daba crédito a sus ojos y no entendía para qué necesitaban dos pollos vivos. Cosme muy divertido por el comportamiento de Lucrecia le explico que era una forma de contribuir a su hospitalidad.

# Veinte. Lucrecia y Cosme

La noche, era más fría que las anteriores. Lucrecia echó otro tronco en la chimenea, observando cómo era devorado por la pertinaz lengua del fuego. Una dulce caricia en la nuca le hizo volver a la realidad. Cosme se sentó a su lado estrechándola fuertemente entre sus brazos.

—¿Estás bien?

—Sí, mi amor, —entrelazando sus delgados dedos con los de él.

—Te noto un poco melancólica.

—Tal vez los fantasmas del pasado estén enturbiando esta felicidad.

—No te entiendo, mi cielo, ¿qué quieres decir?

—Estaba pensando en alguien.

—¿En un hombre?, bromeó Cosme.

—Sí, en un hombre muy especial. En mi hijo.

—No sabía que tuvieras un hijo, ¿dónde está?

—Lo tuve, pero ya no lo tengo. Está muerto. —Su voz se tornó ronca y apenas imperceptible.

—Lo lamento.

—Yo no sé nada de ti, de tu pasado y tú no sabes nada del mío.

—Cariño, como dice la canción, «antes de amar, ha de tenerse fe». Y eso a nosotros nos sobra.

—He sido muy feliz en estos meses. Has logrado que, durante este tiempo, arrinconara todo el sufrimiento que traía a mi llegada. Tú, con tu amor, me has enseñado una nueva perspectiva de la vida. Pero la muerte de un hijo no se olvida. Te va devorando por dentro como el fuego devora ese tronco, ¿lo ves?

—No puedo mentirte y decirte que lo comprendo. Yo nunca he tenido hijos. Así que no me atrevo a imaginar el inmenso dolor que debe causar la muerte de un hijo.

—¿Nunca has estado casado?

—No, nunca.

—Yo sí. Cuando conocí a Luis, creí que sería para siempre, pero me equivoqué. A los veinte años de convivencia nos divoriamos.

—¿Hace mucho que murió tu hijo?

—No, dos meses. Murió en un accidente de tráfico. Él fue la única víctima del siniestro. En un primer momento creí volverme loca, incluso pensé en suicidarme. Me consideraba incapaz de asumir su muerte... Pero el Destino me trajo aquí. Y aquí encontré un sentido a mi vida.

—Me alegro.

—Te has fijado, con la facilidad tan asombrosa con la que Salma aprende.

—Sí, es muy inteligente. Es una lástima que no estudie.

—En estos dos meses ha aprendido a leer y a escribir.

—¿Qué estás pensando, Lucrecia?

–¿Tú crees que sus padres me permitirían llevarla a la capital?

—Estarían encantados. No por la educación que reciba, sino porque sería una boca menos que alimentar.

# Veintiuno. Salma

Salma dejó caer la invitación entre los innumerables papeles que se encontraban en su escritorio, estaba en época de exámenes, en unas semanas si aprobaba todo, obtendría su título de maestra.

Parece que fue ayer cuando había venido a vivir con Lucrecia y Cosme, y se habían iniciado los trámites para su adopción Hacía poco que Lucrecia y Cosme le habían contado la romántica historia de Adriana y Gabriel. Desde el primer día que entró en casa de Lucrecia, se preguntó quién era aquella joven de rostro diáfano, pero tuvo que esperar diez años para conocer toda la historia.

Salma se paró delante del espejo, en él vio a una hermosa mujer de pelo largo y negro, un rostro bello y diáfano, un cuerpo delgado, bien formado y tremendamente sensual. Le parecía mentira que aquella fuera ella, era como si esos diez años hubiesen sido un largo y maravilloso sueño del que se despertaría de un momento a otro, volviendo a aquella niña escuálida e inculta de trece años. Una franca sonrisa iluminó su moreno y bello rostro. «¡Qué años más maravillosos!»,pensó, mientras ponía un disco de Gabriel. Se empezó a oír una melodiosa y armónica voz. Sentía la necesidad de estar cerca de Gabriel y Adriana. En lo más profundo de su ser sabía que si era lo que era, se lo debía a ellos.

El malecón estaba precioso, el crepúsculo comenzaba a pintar caprichosos colores, anunciando que la noche estaba a punto de llegar con su magia y encanto. Salma se dejó caer en uno de los sillones de la terraza, una profunda paz y tranquilidad la invitaba a cerrar los ojos y a soñar. Sentía la voz de Gabriel acariciándola y la agradable presencia de Adriana cuidando su sueño.

Una suave caricia la despertó. Entreabrió los ojos y vio ante ella una figura que le sonreía y se sentaba enfrente de ella.

—Me imaginé que estarías aquí.

Salma se incorporó perezosamente. —Hola Lucrecia, ¿has dejado tú la invitación para la boda de en mi escritorio?

—Sí, ¿te apetece ir?

—Sí. Háblame de Cudillero.

–Hay que verlo y vivirlo, estoy segura de que cuando lo conozcas te enamorarás de él para siempre, como le ocurrió a Gabriel, posteriormente a mí y el último en caer rendido en sus brazos fue Cosme.

–Estoy deseando estar allí.

–Pues, vámonos. Cudillero con su encanto y belleza nos espera.

# Veintidós. Salma y Cudillero

Un sol otoñal, pintaba a Cudillero de oro y naranja. Salma aspiró profundamente el sano aire impregnado de salitre que tan generosamente regalaba el indulgente mar Cantábrico. Sus negros y brillantes ojos se deleitaron con aquel maravilloso paisaje, que tan sabiamente había pintado la naturaleza en azul y verde. Se dejó envolver por los ruidos peculiares de Cudillero por la algarabía que producían los pescadores de regreso a sus casas.

Una voz familiar le hizo voltear la cabeza y salir del maravilloso trance en el que la había sumergido aquel maravilloso y bello espectáculo.

—Salma cariño, ¿qué te apetece para cenar?

Era Leonor, que estaba mirando atentamente el pescado que traía Demetrio de la rula.

—Lo que quieras

—Esta merluza, tiene muy buena pinta.

—Lo que quieras.

—Demetrio, ponme una merluza y unos lenguados.

—Lo que usted mande, señora Leonor. Tenemos un tiempo estupendo, para estar en otoño. —A ver si mañana no llueve. Para que se luzca Xana, en el día de su boda.

—Dios lo oiga.

—Y, ¿quién es esta joven tan guapina? —Mirando de reojo a Salma y bajando la voz.

—Es alguien muy especial para mí. Es como una nieta.

—Pues ye muy guapa. Parécese a Adriana.

—Adriana. —Dibujándose un gesto de dolor en su faz.

—Perdóneme, soy un torpe. La he puesto triste.

—No Demetrio, no se disculpe. Mañana hace doce años de su muerte.

—Tenga. —Entregándole una bolsa con el pescado.

—Salma, ¿te apetece algo más?

Salma bajó el pequeño escalón y entró en la pescadería. —No, Leonor.

—Decíale a Leonor, que te pareces un poco a Adriana.

—¿Sí? ¿Usted cree?

—Sí, mio neña. En lo morena, el pelo negro, pero sobre todo en los ojos. Tienes la misma expresión chispeante y dulce que tenía Adriana.

Salma se limitó a sonreír mientras seguía a Leonor.

Al llegar a la casa, Xana y Roberto ya habían llegado. La casa estaba completa, Salma echó una rápida ojeada, allí estaban Leonor, Matilde, Manuel, Flavia y Sergio, Enol con una amiga, Cosme y Lucrecia y como no, Xana y Roberto, los protagonistas de la fiesta y los últimos en incorporarse a ella. En la estantería del salón, alcanzó a ver dos fotografías de Adriana y Gabriel. Ellos también estaban.

Una caricia en los hombros le hizo centrarse en la pequeña fiesta, era Flavia. —Estás muy callada, ¿te pasa algo?

—No. Estoy feliz.

—Me alegro.

—Flavia, ¿me necesitáis para preparar la cena?

—Qué va. Somos demasiadas mujeres para una cocina tan pequeña. Además, hoy cocinan los hombres.

—Entonces, voy a dar un paseo.

—Bien, que disfrutes del paseo.

—Gracia Flavia.

Salma se preguntó por qué sentía una profunda tristeza. Por qué extrañaba a Gabriel y Adriana. Sintió un incontrolable deseo de conocer el lugar donde se encontraban sus restos. Casi sin darse cuenta de ello, se encontraba subiendo las estrechas e incómodas escaleras que conducían al cementerio. La tarde estaba bastante avanzada, cuando Salma hizo girar la pesada puerta de hierro del cementerio. Que solitario estaba, un silencio ensordecedor reinaba, solamente interrumpido por el eco lejano de un ronco motor de una vieja lancha que se resistía en llegar al puerto.

Con timidez, entró, un escalofrío le recorrió todo el cuerpo, tuvo la tentación de irse. Aquel lugar le producía miedo, una sensación extraña que nunca antes había sentido. Salma se rio de sí misma, de sus miedos y decidió buscar las tumbas de Gabriel y Adriana. Llevaba casi media hora buscando sin obtener ningún éxito. Se sintió desconcertada, no sabía qué estaba buscando. Nunca nadie le había hablado con claridad del tema. El crepúsculo comenzaba a teñir de caprichosos colores el cielo otoñal, anunciando que la noche estaba próxima.

Con desencanto, miró el cementerio. Era como buscar una aguja en un pajar. Le llamó poderosamente la atención una hermosa tumba de mármol blanco. Con paso ligero se dirigió a ella. Su intuición le había fallado. Justo debajo de los castaños vio dos frondosos arbustos que comenzaban a perder sus hojas. La curiosidad le hizo acercarse. No entendía qué hacían dos rosales allí. Salma con paso ligero se fue acercando a los rosales, como si de estos emanara una fuerza que la llevaba hacia a ellos. El cielo comenzó a oscurecerse, y un viento racheado del norte hizo que Salma tiritara. Una fina lluvia empezó a caer y con ello a dar un color plateado a todo el paisaje. Salma miro al cielo, y entre las oscuras nubes, le pareció ver dos nubes blancas que formaban un corazón. Cuando llego a la altura de los rosales, puedo leer:

## ADRIANA VALDÉS

Falleció, otoño 1984

Epitafio:

*«Aquí descansa, una mujer sin pasado ni futuro. Con un presente teñido por la amargura de un amor imposible, y endulzado por el amor que le brindaron sus seres queridos. Y todo ello ante un inmenso espejo azul».*


## GABRIEL ORTEGA

Falleció, otoño 1985

Epitafio:

*«Aquí descansa un soñador, que en su largo caminar, no encontró el camino de los sueños. Quedándose sin corazón, pero si encontró la música, es amor en busca de palabras».*

Salma se quedó de pie, con la mirada fija en los rosales que eran vapuleados por el fuerte viento que se había levanto. La lluvia comenzó a arreciar, algo que a Salma no le importo; era incapaz de moverse, les quería decir tantas cosas, pero era tal el cumulo de sentimientos que impedían brotar las palabras. Solo le salió lanzar un beso al viento.

# Índice